LETTRES
DE MONSIEUR
DE LONGUEVILLE,
ÉCRIVAIN PUBLIC,
A MONSIEUR ****.

DEUXIÈME PARTIE DU TOME PREMIER.

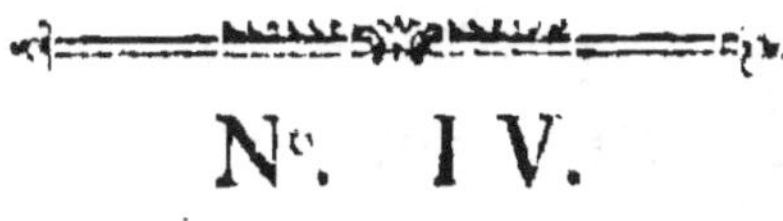

N°. IV.

L'AUTEUR y présente un Portrait de J. J. ROUSSEAU, en XVIII Lettres.

A AMSTERDAM,
Et se trouve A PARIS,
Au Palais-Royal, à la Loge de l'Auteur, dans la Galerie qui communique de la Cour des Fontaines à la rue S. Honoré.

M. DCC. LXXIX.

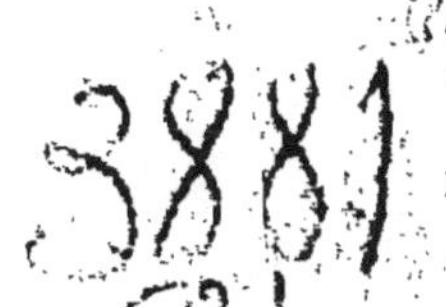

AVERTISSEMENT

SUR le Portrait de J. J. ROUSSEAU, qui présente une courte analyse de ses principaux Ouvrages.

L'AUTEUR de cette Brochure prie les Personnes qui daigneront la parcourir, de vouloir bien observer que, tout le monde n'a point les Œuvres de Rousseau; & que, malgré leur très-grande célébrité, elles n'ont pas été lues par toutes les Personnes capables d'en sentir les beautés.

La seconde Lettre en fournit la preuve.

TABLE DES MATIÈRES.

Fin de la Table.

BUREAU D'ÉCRIVAIN PUBLIC,

TENU au Palais-Royal, dans la Galerie qui communique de la Cour des Fontaines à la rue Saint-Honoré, par le Sieur DE LONGUEVILLE, Avocat.

JE VIENS de me procurer un Aſſocié qui a une belle main; ainſi les Perſonnes que mon écriture ne ſatisfaiſoit pas, ne trouveront plus chez moi cet inconvénient. Je fais la minute des Placets qui me ſont demandés, & ils ſont mis au net par mon Aſſocié.

Je me chargerai à l'avenir de toutes les Copies qu'on voudra bien me propoſer.

Comme il pourroit arriver que l'homme eſtimable qui partage mes occupations, ne me reſtât point, je prie les jeunes-gens qui ont une belle main, & qui n'ont pas d'emx

ploi, de me procurer l'honneur de les connoître.

Ma Loge étant obscure, fort étroite, &, les jours d'Opéra, exposée à un passage tumultueux, il m'est impossible d'y travailler; mais *on trouve dans ma Loge tous les jours, & même les Dimanches & Fêtes, depuis neuf heures du matin jusqu'à neuf du soir, une Personne qui donne de mes nouvelles, & qui indique ma demeure.*

Ma Chambre est à l'Hôtel de Bayonne, *au second*, dans le fond de la cour, rue Saint-Honoré, vis-à-vis l'Opéra.

J'ai eu l'honneur, cet hiver, de travailler pour plusieurs Militaires. Je serois bien flatté d'être l'homme de ces Messieurs pour les Mémoires qu'ils présentent à Nosseigneurs les Ministres.

Ils pourroient me faire l'honneur de m'écrire de leur Garnison. Je les préviens que je suis très-attentif aux Lettres que je reçois. Dès que j'ai décacheté une Lettre, je réponds à la Personne qui l'a écrite : « J'ai reçu votre Lettre ; il me faut tant de » jours pour vous servir, &c. Ou bien : » Je suis très-flatté de votre confiance ; » mais il m'est impossible de me charger » de votre Affaire, &c. »

Voici mon adresse :

A M. DE LONGUEVILLE, Écrivain Public, au Palais-Royal, à Paris.

Dans l'un des volets de ma Loge, il y a une ouverture par où les Facteurs jettent mes Lettres dans une boîte, quand ma Loge est fermée.

Je prie que l'on veuille bien affranchir les Lettres qu'on m'écrira.

OBSERVATION.

Dans les Affaires exemptes des épines de la Procédure, & où il n'y auroit que des faits à discuter, mais des faits intéressans, je ferois volontiers un Mémoire.

Pour cela, je voudrois n'avoir aucun Livre de Droit à ouvrir, ni aucun Dossier à examiner. Je voudrois travailler sur des Consultations d'anciens Avocats, qui m'instruiroient complettement de l'Affaire, & qui me présenteroient toutes les autorités nécessaires à sa défense.

On seroit un injuste appréciateur des hommes, si l'on ne concevoit pas la plus haute estime pour les Citoyens qui ont acquis de profondes connoissances dans les Lois. Quoi de plus digne d'admiration que de posséder un mérite nécessaire à la République, & un mérite qu'on s'est acquis par ses veilles! L'orgueil siéroit beaucoup mieux à ces hommes essentiels qu'aux Orateurs célèbres *dont on pourroit se passer* (1), & qui rarement sont exempts de cette foiblesse. De quoi les hommes éloquens sont-ils si

(1) Si tous les hommes étoient vertueux, l'Éloquence ne seroit bonne à rien.

vains ? Ils tiennent de la nature tout leur mérite : ils devroient ne pas plus être ſuperbes de leur talent, qu'une belle femme qui a du bon ſens, n'eſt orgueilleuſe de ſa beauté.

Après avoir offert aux profonds Juriſconſultes le tribut de vénération qui leur eſt dû, ils me permettront d'obſerver, que très-rarement ils uniſſent à leurs lumières les grâces de l'éloquence. J'ai peine à croire que cette alliance ſi deſirable leur ſoit impoſſible : ſi on ne la voit pas dans leurs Écrits, c'eſt ſans doute que les frivoles ornemens du langage ſont dédaignés par l'Écrivain ſolide qui ne tend qu'à la raiſon.

Cependant l'abſence des grâces que l'on remarque ordinairement dans le ſtyle des Savans de tous les genres, pourroit peut-être avoir une autre cauſe ; c'eſt que certaines qualités de l'eſprit s'excluent mutuellement.

Un homme doué d'une ſageſſe de tête qui lui permet l'application la plus ferme, manque ſouvent de ce feu créateur qui donne à nos idées de la fécondité, de la préciſion, de la nobleſſe.

Un homme doué d'une ardeur d'imagination, qui opère dans ſa tête une continuelle création d'idées, éprouve une impuiſſance phyſique de s'arracher à la foule des images qui l'obsèdent, pour ſe fixer ſur des matières arides qui ne diſent rien à l'imagination.

On ſait qu'Arnaud & Nicole ont travaillé avec Paſcal aux fameuſes Lettres Provinciales, qui ont acquis à celui-ci la réputation la plus brillante & la plus vaſte. Les deux Théologiens fourniſſoient à leur ami des Mémoires qui contenoient les paſſages des Livres des Jéſuites qu'il falloit foudroyer; & ce qui étoit bien pis, les paſſages qu'il falloit tourner en ridicule. Ils lui donnoient auſſi les principes des Pères de l'Église, qu'il falloit opposer à la Doctrine des Jésuites. Pascal étoit servi comme un Architecte à qui on présente tous les matériaux qui doivent entrer dans un édifice, & qui ne se charge que de sa construction.

Sur les matières Théologiques & informes que Nicole & Arnaud lui avoient préparées, Pascal a répandu l'enjouement & le sel de Molière, le feu de Massillon, la dialectique de Bourdaloue, & l'élévation de Bossuet. Et il est à remarquer, que si l'occasion d'écrire les Lettres Provinciales ne se fût pas présentée, le monde littéraire auroit ignoré que Pascal étoit l'un des hommes les plus éloquens qui aient jamais paru sur la terre. Lui-même ne l'auroit jamais su.

De ce que je cite Pascal, pour inviter le Public à me confier un genre d'occupations qui me feroit agréable, il ne faut pas en conclure que j'aie l'imbécillité de me croire ses talens, il faut au contraire en conclure que, puiſqu'un auſſi grand Homme a été ſecouru dans la compoſition de l'Ouvrage qui a fait ſa réputation, moi qui ne ſuis qu'un Écrivain très-ordinaire, je puis me propoſer pour un travail où je ſerois ſecondé par les hommes qui ont acquis dans le genre les connoiſſances que je n'ai point.

La gloire de faire un Poëme épique, eſt moindre à mes yeux que le bonheur d'écrire quelques pages qui vont rendre à un Citoyen un ſervice réel & préſent.

PORTRAIT
DE J. J. ROUSSEAU.

LETTRE PREMIERE.

Pourquoi cet Ouvrage sur Rousseau, est appelé Portrait *& non pas* Éloge? *Ce n'est que plusieurs siècles après la mort des Auteurs du premier ordre, que l'on rend une justice entière à leurs talens.*

MONSIEUR,

LE DISCOURS le plus éloquent sur un homme célèbre, ne prouve rien pour le Héros; il n'est pas plus une démonstration de son mérite, que la supériorité d'un Gladiateur ne prouvoit jadis la bonté

de la cause qu'il défendoit, lorsqu'en France tous les différends étoient jugés par l'événement d'un combat.

Un Écrivain qui veut fixer l'admiration publique en faveur d'un Auteur fameux, doit donc se borner à faire les fonctions d'Avocat-Général dans les Tribunaux; il doit offrir seulement un tableau précis des pensées & de l'éloquence de l'Auteur, & céder aux Lecteurs le plaisir de faire l'éloge.

Il résulte de ces réflexions, que ces sortes d'Ouvrages ne devroient pas être intitulés *Éloges*, mais *Portraits*.

Depuis une vingtaine d'années, on a tant fait d'Éloges Académiques, & on les a prodigués à des hommes qui y avoient si peu de droit, que le titre d'*Éloge* est devenu fastidieux. On devroit sur-tout donner une autre dénomination à la description que l'on fait du mérite d'un homme qui vient de descendre dans le tombeau.

Beaucoup de personnes qui ont connu intimement un Auteur célèbre, ou par eux-mêmes, ou par leurs amis, n'entendent pas sans impatience porter jusqu'aux nues les talens de l'Écrivain, tandis que les défauts de l'homme sont encore vivans dans leur mémoire.

Je parle de défauts, & je m'occupe du Philosophe Genevois; je vois ses admirateurs se révolter: pour les calmer, je leur citerai Rousseau lui-même, qui, dans la nouvelle Héloïse, fait dire à Julie, à l'occasion de Milord Edouard : « Quel homme » sans défauts eut jamais de grandes vertus ! ».

Le foyer qui brûle dans l'âme d'un homme de génie, & qui lui fait dire de superbes choses, soit qu'il parle, soit qu'il écrive, produit nécessairement dans son caractère des inégalités qui rendent son commerce moins facile que celui des autres hommes. Un homme de cette trempe a quelquefois besoin des ménagemens qu'on doit à un homme qui a la fièvre. Il y a plus, où ne mène point l'enthousiasme de la vertu, il conduit souvent à des singularités qui, aux yeux du vulgaire, sont des extravagances, mais dont le principe respectable n'échappe point à des yeux éclairés & vertueux.

Il est donc bien difficile que les défauts personnels d'un Écrivain célèbre, ne fassent un peu de tort à sa réputation durant sa vie, & plusieurs années encore après qu'il est descendu dans le tombeau. Ainsi le moment de sa mort n'est pas l'instant favorable pour publier sur son mérite un Eloge qui soit universellement goûté.

Montaigne raconte avec une charmante ingénuité, que de son tems ses Essais de morale ne réunissoient pas, à beaucoup près, tous les suffrages, & que dans sa Province sur-tout on en faisoit fort peu de cas. Les deux siecles qui se sont écoulés sur sa tombe, ont couvert des ténèbres de l'oubli, les préjugés qui empêchoient ses Compatriotes de lui rendre justice, les fureurs avec lesquelles il étoit déchiré par ses rivaux en littérature, & aussi les défauts de l'homme qui, ainsi que je viens de le dire, durant la vie d'un Auteur, nuisent toujours à ses Ouvrages. Tous ces accessoires désavantageux qui environnent un homme célèbre, sont anéantis pour Montaigne. Il ne reste plus de lui que ses Ouvrages, & on ne les lit plus que pour les admirer.

Quand un Auteur est descendu aux sombres bords depuis plusieurs siècles, son mérite n'afflige l'amour-propre de personne, & tous les connoisseurs se réunissent pour le préconiser.

Il en sera de même de Rousseau. Je puis, peut-être mieux que bien d'autres, me permettre cette prophétie. Je n'ai jamais connu directement ni indirectement sa personne; & depuis que je pense, les circonstances qui m'ont environné, m'ont conduit à vivre seul. En louant le Philosophe Genevois, je ne répète pas ce que j'ai oui dire; je dis ce que je sens; je vois ses Ouvrages comme ils seront vus par la postérité.

De ma Loge, située au Palais-Royal, le 1 Juin 1779.

LETTRE II.

Plan que je me suis fait pour le Portrait de Rousseau. Conseils que j'ai reçus à ce sujet d'un Négociant de Paris. Réflexions sur les Recueils qui ont pour titre : Esprit, Maximes & Principes de J. J. Rousseau. *Pourquoi cet Ouvrage, annoncé le 4 Février, paroît si tard. Eloge d'un Magistrat. Anecdote sur un Homme de Lettres.*

MONSIEUR,

UN Orateur, à Athènes, défendoit la cause d'une très-belle femme qui étoit présente, mais cachée sous un voile. Après s'être épuisé en raisonnemens, l'Orateur observe qu'il n'a touché ni l'Auditoire ni les Juges ; il déchire le voile qui couvroit sa Cliente : tous les yeux sont éblouis ; tous les cœurs sont émus ; l'Auditoire & les Juges, tout est subjugué.

De même, pour donner une idée avantageuse de Rousseau, il n'est question que de le montrer.

Il y a plus, ce sont les faits qui louent, & non pas les éloges; & les faits à citer d'un Écrivain célèbre, ce sont les Ouvrages par lesquels il s'est illustré; c'est par eux seulement qu'il a existé pour l'Univers.

Une conversation que j'ai eue avec un Négociant, m'a donné l'idée du plan que j'ai suivi pour cet Ouvrage.

Cet homme estimable, qui a beaucoup d'esprit naturel, & qui est un Philosophe sans le savoir, avoit appris par le Journal de Paris, que je m'occupois de l'Eloge de Rousseau. Quand j'ai eu fait le Placet qu'il m'est venu demander, il m'a parlé ainsi :

« J'ignore le plan que vous vous êtes fait pour » l'Eloge de Rousseau; mais je vous conseille » d'offrir une courte analyse des principales ma- » tières qu'a traitées cet Ecrivain célèbre. Si vous » présentez ce tableau intéressant, l'homme de » Bureau, l'Artiste, le Négociant, le Magistrat, » un très-grand nombre d'honnêtes gens qui n'ont » de tems que pour leur emploi, leur talent, leurs » affaires ou leurs devoirs, vous en sauront un gré » infini. Le Philosophe Genevois a une si haute » réputation & de vertu & de talent, que ceux » même qui ne lisent jamais, vous liront.

» Quelque grand que soit le nombre des per-
» sonnes qui lisent les Livres célèbres, celui des
» personnes qui pourroient les lire & ne les lisent
» pas, est encore plus grand.

» Moi, par exemple, je me suis toujours pro-
» posé de lire les Œuvres de Rousseau, je n'en ai
» jamais eu le loisir; mon commerce est d'une
» espèce qui entraîne tant de détails, qu'il m'em-
» porte tout mon tems; &, quelque penchant que
» j'aie pour la lecture, il m'est impossible, à cet
» égard, de me satisfaire.

» Vous allez être étonné, Monsieur, de ce que
» je vais vous dire; c'est que j'ose trouver un peu
» bêtes les gens de Lettres & les Beaux-esprits qui
» ne conçoivent pas qu'on puisse ignorer ce que
» contient un livre fameux. Quand je vois leur sur-
» prise, je les compare à ces Religieuses qui tom-
» bent des nues de ce qu'on ne sait pas dans le plus
» grand détail les événemens de leur Cloître. Eh!
» Monsieur, que deviendroient les Empires, si les
» productions littéraires fixoient l'attention univer-
» selle? Ce n'est point la République des Lettres,
» croyez-moi, c'est la République des Commer-
» çans qui fait la prospérité des Empires.

» Ces mêmes hommes qui n'interrompent point
» leurs affaires pour s'occuper d'un livre nouveau,
» quand la renommée leur apprend la mort d'un
» Ecrivain célèbre, seroient fort aises qu'on leur

» fît parcourir, dans l'espace d'une heure, le cercle
» des principales idées qui ont acquis à l'Écrivain
» une aussi vaste réputation; & je vous conseille,
» Monsieur, de songer principalement à eux en
» faisant l'Éloge de Rousseau; comptez que vous
» plairez aussi aux personnes qui ont lu ses
» Œuvres, vous leur rappellerez des traits précieux
» qui leur étoient échappés.

» Je connois, a ajouté le Négociant, des Re-
» cueils qui ont pour titre : *Esprit, Maximes &*
» *Principes de J. J. Rousseau*; mais cela est encore
» trop volumineux pour les hommes occupés. J'ai
» entendu dire d'ailleurs que ces Recueils ont trois
» défauts : 1°. Ils ne donnent pas une idée assez
» détaillée de chacun des Ouvrages de cet Écrivain.
» 2°. Ils ne disent pas de quel Ouvrage sont tirés
» les morceaux qu'on lit. 3°. Tous ces morceaux
» de morale, cousus les uns aux autres, ressemblent
» trop à des Sermons. »

Quand le Négociant a été sorti, j'ai réfléchi principalement sur sa dernière observation; j'ai admiré que le simple bon sens lui fit remarquer que de superbes choses liées les unes aux autres, fatiguoient plus qu'elles ne donnoient de plaisir. Ce n'est pas-là en effet le ton du génie; il a des inégalités nécessairement, & ses négligences le parent autant que ses beautés. Ces morceaux éloquens, tirés d'un Écrivain célèbre, quelque part qu'on les transporte, ne caufent jamais autant de fatisfaction qu'ils en donnent à la place où ils font dans fes Ouvrages.

La converfation du Négociant m'en a rappelé une autre que j'ai entendue, il y a quelques années, dans une Société. On parloit de l'Émile de Rouffeau : un homme qui s'énonçoit avec feu & en bons termes, prend la parole, & dit : « Vous » voulez parler fans doute de l'Hiftoire de Paul » Émile qu'a fait J. J. Rouffeau. » Les fots font partis d'un grand éclat de rire ; comme l'ignorance d'un fait n'eft point une bêtife, je n'ai point ri ; j'ai obfervé poliment à cet homme qu'il confondoit : l'homme s'échauffe, & veut parier qu'il ne fe trompe point. J'avois dans ma poche un volume d'Émile ; je le lui montre, & lui fais voir qu'Emile eft un Traité d'éducation. L'homme devient rouge & fort embarraffé. Je le confole, en lui difant : « Ce font » de très-petits malheurs, Monfieur, que des » erreurs de cette efpèce ; les meilleurs Livres ne » laiffent guères plus de traces que les belles fu» fées ; tandis qu'elles brillent on les admire ; » dès que le feu eft tiré on les oublie : on parle » beaucoup d'un bon Livre tant qu'il eft nouveau ; » enfuite on l'oublie pour ne fe le rappeler qu'à » la mort de fon Auteur. »

La méprife de cet honnête-homme, & les réflexions du Négociant, m'ont donc déterminé à faire une courte analyse des Ouvrages de Rousseau. J'espère qu'on ne sera point mécontent de mes observations, & du détail dans lequel je suis entré sur la nouvelle Héloïse. Quant au livre d'Émile, j'en ai simplement extrait tout ce qui peut être utile aux pères & aux mères de famille, en m'abstenant soigneusement de parler de ce qui a été désapprouvé par les Magistrats & par les Ministres de la Religion.

J'ose me flatter que la XVIIIe & dernière Lettre, dont le sujet est *la personne de Rousseau*, pourra ne pas déplaire à ses admirateurs.

Il est tems de dire au Public pourquoi, après avoir annoncé, le 4 Février, dans le Journal de Paris, que j'avois fait l'Eloge de Rousseau, cet Ouvrage paroît si tard.

Il en est des Lettres qu'on écrit au Public, comme de celles qu'on écrit aux Particuliers; on ne dit jamais tout.

Mon Ouvrage étoit fait le 4 Février, c'est-à-dire, que le plan & les principales idées étoient jetés sur le papier; mais je n'avois travaillé que sur ce qui m'étoit resté dans la tête des fréquentes lectures que j'avois faites des Ouvrages de Rousseau, dans ma Province. Au 4 Février, ma position étoit tellement désavantageuse, que je n'avois même pu parvenir encore à me procurer toutes les Œuvres du Philosophe Genevois. Le Journal de

Paris me les a fait obtenir fur le champ, ainfi que des marques de bienveillance dont j'ai été exceffivement flatté.

Cependant, quelques femaines encore après le 4 Février, je fuis refté dans une fituation bien fingulière, où j'étois depuis plufieurs mois : c'eft une fituation dans laquelle, quoiqu'on ne foit point malade, on ne peut ni écrire ni lire, ni même penfer. Cet état, éprouvé par un homme qui n'eft point fans imagination, reffemble parfaitement à la pofition où feroit un homme qui a du talent pour la danfe, & qui auroit les fers aux mains & aux pieds.

Les mains généreufes d'un Magiftrat de la plus haute confidération, ont fait tomber enfin les fers qui m'ôtoient le pouvoir de travailler. Enhardi par l'honneur précieux de l'avoir connu dans fa jeuneffe, je l'ai reclamé avec confiance : fur le champ fa belle âme s'eft montrée; elle a tiré la mienne du néant, & j'ai retrouvé mon imagination de vingt-cinq ans. L'ivreffe de la reconnoiffance ne me permet pas de me taire fur mon Bienfaiteur : c'eft le refpectable Magiftrat dont l'œil infatigable veille fans ceffe à la fûreté, à l'ornement & au bonheur de cette Capitale, & qui tempère par la douceur & par les grâces, les fonctions févères de fa dignité.

Comme vous pourriez être étonné, Monfieur,

de la franchise avec laquelle je publie cet acte de bienfaisance, qui a été fait en ma faveur, je crois devoir vous dire l'anecdote suivante :

Un homme de Lettres me racontoit que dans un tems où il étoit malade, pauvre & logé à un sixième, un Magistrat du premier rang, du premier mérite, qui depuis a été Ministre, & qui existe encore, étoit monté dans son galetas pour lui faire visite. Voilà, ai-je dit à l'homme de Lettres, une bonté bien flatteuse pour votre amour-propre ; & comme nous étions tête-à-tête, j'ai ajouté : si le Magistrat vous a laissé de l'or sur votre table, c'est une circonstance qu'il faut ne pas oublier quand vous vous vantez de sa visite, ou .... quand l'or vous a été laissé, il falloit ne le point garder. L'homme de Lettres est devenu rouge, & n'a rien répondu.

LETTRE III.

Réflexion sur le style Académique. Parallèle entre Montaigne & Rousseau. Au-dessus de quarante ans peu d'hommes lisent. Cas infini que l'on doit faire en littérature du suffrage des jeunes gens & des femmes.

MONSIEUR,

Ne vous attendez pas à me voir déployer dans ces Lettres le ton majestueux des Éloges qui sont prononcés dans nos Académies : je ne dois pas oublier que je ne suis qu'un Écrivain public, & qu'un Discours Académique est au-dessus de mes forces.

Je vous avouerai cependant, Monsieur, que je ne regrette point le talent par lequel j'eusse publié un Éloge de Rousseau écrit dans toutes les règles de l'éloquence oratoire. Je ne sais par quelle fatalité il arrive que ces sortes de Discours, & même ceux qui sont couronnés dans le Sanctuaire des Muses, ne sont lus qu'une seule fois; il semble qu'on les mette au même rang que les Sermons d'apparat: on est bien aise de les avoir entendus, mais on n'y retourne point.

Quant à moi, j'ai toujours regardé comme des cérémonies funèbres ces Assemblées des Académies, où on lit avec emphase les Discours qu'elles ont couronnés. Dans ces augustes Séances, ces Discours semblent recevoir les honneurs de la sépulture; on les traite en effet comme les défunts. Huit jours après leur couronnement, on n'en parle plus; ils vont se réunir à ces volumes innombrables, qui, après avoir paru un instant sur l'horison littéraire, courent se précipiter dans le fleuve de l'oubli.

Par-tout où l'art se laisse appercevoir, je sens peu de plaisir; ce qui est toujours pompeux m'impatiente. Quand je me promène dans un Palais superbe, je ne tarde pas à m'ennuyer, & je n'aspire qu'au bonheur d'en sortir.

Pour plaire infiniment quand on écrit, pour forcer les Lecteurs les plus indolens à nous lire, il faut leur présenter un désordre apparent, d'heureuses négligences, des pensées naturelles & fortes, & sur-tout une chaleur & une énergie d'expressions qui, donnant à leur âme de vives secousses, les emportent eux-mêmes dans les plaines immenses de l'imagination. Tel eſt le caractère des Ouvrages de Montaigne & de Rouſſeau.

Ce qui rend leurs écrits délicieux, c'eſt qu'ils ont rarement l'air d'un livre; c'eſt qu'en les liſant, on croit entendre au coin de ſon feu un homme qui nous enchante par ſa converſation, un homme qui joint à une vaſte étendue de connoiſſances la plus brillante imagination.

Des Écrivains de ce mérite ſeront toujours très-rares; ils ſont les enfans de la nature les plus chéris; & vous remarquerez, Monſieur, que deux ſiècles ſe ſont écoulés entre Montaigne & Rouſſeau.

Si Montaigne l'emporte ſur le Philoſophe Genevois, par un ſtyle plus ſerré, par une plus grande abondance de choſes, par une étude plus approfondie des meilleurs Écrivains de l'Antiquité, le Philoſophe Genevois l'emporte ſur Montaigne par cette aimable diffuſion où nous entraîne l'éloquence du cœur, par un deſir dévorant de convaincre ſes Lecteurs des principes qu'il leur préſente, & par l'avantage de ne devoir qu'à lui-même la force & l'élévation de ſes penſées.

Ajoutons que les Écrits de Rouſſeau brûlent de l'amour de la vertu, & n'ont d'autre objet que d'étendre ſon empire. Le Sceptique Montaigne, au contraire, diſcourt indifféremment ſur le vice & ſur la vertu : il eſt comme Horace, qui, après avoir chanté le bonheur du Sage, célèbre avec ivresse les grâces d'une Courtisane.

Je n'ignore pas que Rousseau paroît avoir puisé beaucoup d'idées dans Montaigne; mais ces profits que fait un Ecrivain moderne dans les Écrits d'un ancien, ne sont proprement que des réminiscences. Si le moderne n'avoit pas eu dans son âme le germe de toutes les idées de l'ancien, elles auroient glissé sur son esprit, & n'y auroient fait aucune sensation. Entre Montaigne & Rousseau, que d'Écrivains ont lu les Essais de Montaigne sans que leurs Écrits pussent approcher du mérite des Essais! Les Caractères de la Bruyère, tout estimables qu'ils sont, ne les valent pas. La Bruyère est au-dessous de Montaigne dans la même proportion que l'art est au-dessous de la nature.

Rousseau au contraire, comme homme d'esprit & comme Écrivain, est l'égal de Montaigne; & celui-ci comme Philosophe vraiment utile au genre humain, est au-dessous du Citoyen de Genève.

Les hommes qui n'ont que de l'esprit, & en qui l'éloquence ou la vertu n'excitent jamais d'enthousiasme, s'étonnent de la célébrité prodigieuse qu'a obtenue le Philosophe Genevois; ils disent dédaigneusement qu'après tout ce ne sont que des jeunes gens & des femmes qui forment le cercle de ses admirateurs.

A qui faut-il donc, Monsieur, se proposer de plaire quand on court la carrière de l'éloquence? Plaire aux jeunes gens & aux femmes, c'est assurément la conquête la plus brillante & la plus flatteuse que puisse faire un homme de génie : plaire aux jeunes gens & aux femmes, c'est réunir les suffrages de la partie du genre humain la plus sensible, la plus nombreuse, la plus judicieuse & la plus aimable.

Au-dessus de l'âge de quarante ans, peu d'hommes lisent. Le plus grand nombre à cet âge, tout occupés de leur fortune, n'ouvrent un livre nouveau que lorsqu'ils y sont entraînés par sa célébrité, & souvent ils ne le parcourent que pour y trouver des raisons de ne le point admirer. Au-dessus de l'âge de quarante ans, qu'il est peu d'hommes qui aient le courage d'honorer le génie d'un homme supérieur, lors même qu'ils ne courent pas la carrière des Lettres! J'ai connu dans ma Province un petit Avocat qui étoit jaloux de Jean-Jacques & de Voltaire, & qui ne souffroit pas qu'on en fît l'éloge en sa présence. Combien d'hommes semblables à cet Avocat, dans Paris, à la Cour, dans nos Provinces, dans l'Univers!

Les jeunes gens au contraire préconisent avec enthousiasme, dans tous les genres, les hommes supérieurs. Les préjugés n'ont point encore corrompu leur esprit; leur cœur n'est point encore infecté par le venin des passions déshonorantes : sortant des mains du Grand-Être, ils sont purs, vrais, judicieux comme lui-même.

Les jeunes gens sentent-ils dans leur sein la flamme du génie ; les Ouvrages d'un homme de génie leur causent un plaisir qui va jusqu'aux convulsions ; ils les lisent avec transport ; ils en retiennent les morceaux saillans ; ils les déclament avec ivresse dans les promenades écartées. Si, dans ces momens d'enthousiasme, l'Auteur venoit à se montrer à leurs regards, ils se prosterneroient devant lui, & leur visage de roses seroit inondé par les larmes : le sentiment de leurs forces quelquefois exagéré par le feu de leur âge, ils se promettent de s'élever un jour au même degré de gloire ; comment hésiteroient-ils d'offrir à un grand homme ce tribut d'adoration (1) ?

Les jeunes gens qui ne se sentent point d'impulsion vers la carrière des Arts, ont au moins l'équité d'honorer de bonne grâce le génie d'un homme célèbre ; & s'ils sont bien nés, ils ne sont pas plus jaloux de la supériorité de ses talens, que de la supériorité des grâces de la jeune femme qui fait l'ornement des Sociétés qu'ils fréquentent.

---

(1) Tous les jeunes Littérateurs qui ont du talent, soit Prosateurs, soit Poëtes, sont enthousiastes de Rousseau.

Un homme éloquent dont les écrits embrâsent l'imagination, & intéressent les femmes au plus haut degré, jouit du plus flatteur, du plus délicieux de tous les triomphes.

Le bel-esprit n'étant pas ordinairement la carrière que courent les femmes, elles sont, sur les talens de l'esprit, des Juges désintéressés; elles apprécient surtout avec discernement les Ouvrages qui sont du ressort de l'imagination. Ce qui touche, entraîne, élève leur âme, a certainement des caractères de beauté qui sont incontestables. Avant que l'Ouvrage qui les charme fût imprimé, si l'Auteur les eût consultées, peut-être que les conseils qu'elles lui eussent donnés, ne lui auroient pas été avantageux. Depuis que l'Ouvrage est public, elles ne disserteront peut-être point avec la netteté d'un Académicien sur ce qui les enchante; mais l'émotion que leur cause l'Ouvrage, & qui se manifeste par une pâleur éloquente, ou par une larme qui s'échappe subitement, annonce que l'Auteur a de véritables talens, & qu'elles les sentent.

Les femmes distinguent d'autant mieux les productions littéraires qui ont le suffrage de la nature, que la netteté de leur jugement n'a point été altérée par les études du Collège : ces études, utiles à quelques hommes qui se seroient perfectionnés sans elles, donnent aux Lettres & aux Arts les Juges les plus sots, les plus avantageux & les plus ridicules.

J'ai toujours été très-persuadé qu'un Ouvrage d'imagination est beaucoup mieux jugé par des chapeaux de roses que par des bonnets quarrés.

Jamais aucun Écrivain ne s'est acquis l'estime des femmes autant que le Philosophe Genevois. Cela se remarque à l'Opéra toutes les fois que l'on donne le Devin du Village. Dès que l'ouverture se fait entendre, on voit une multitude de femmes charmantes qui ne se lassent point de battre des mains; &, quelque délicieux que soit ce Drame, il est aisé de remarquer que les applaudissemens s'adressent encore plus à l'Auteur qu'à l'Ouvrage. Quand Rousseau vivoit, elles se plaisoient à faire éclater leur admiration pour ses talens. Depuis qu'il n'est plus, elles se plaisent à honorer publiquement sa mémoire.

Quelle plus grande fortune pour un homme de Lettres, que d'être devenu en quelque sorte l'idole des femmes! Peut-on se dissimuler que le desir de leur plaire ne soit l'âme qui fait mouvoir tout ce vaste Univers? .... Je m'arrête, & ce n'est pas sans me faire violence. Le plaisir de parler des femmes, me feroit oublier que je me suis proposé de faire le Portrait du Philosophe Genevois.

Je n'entends pas juger ses Ouvrages, ce seroit une témérité que je ne me pardonnerois point; mon dessein uniquement est de vous rendre compte des plaisirs que j'ai goûtés en les lisant. N'ayant pas vécu à Paris, n'ayant jamais eu l'honneur d'avoir des liaisons avec les Gens de Lettres, je ne suis point du tout versé dans la critique, & je me sais bon gré de mon ignorance, elle étend la sphère de mes plaisirs. J'écris au milieu de Paris comme j'écritois dans le fond de ma Province.

Si les hommages que je vais rendre à Rousseau ont le suffrage des gens de goût, ma gloire sera le triomphe de la nature. En littérature, je suis une espèce de sauvage. Depuis sept ans je n'ai rien lu; depuis sept ans la grande affaire des besoins physiques absorbe toute mon attention (1). Je ne possède pas un livre, & ce n'est pas sans d'extrêmes difficultés que je suis parvenu à me procurer les Œuvres de Rousseau.

(1) Les sept années de stérilité seront écoulées le 19 Juillet prochain; les sept années d'abondance vont venir sans doute.

LETTRE IV.

Pourquoi Rousseau s'est montré tard dans la République des Lettres. Son Discours sur les Sciences & les Arts. Leur culture plus funeste qu'utile. Digression sur Jean-Baptiste Rousseau. Éloge de l'Académie de Dijon.

MONSIEUR,

ROUSSEAU commença tard à écrire; & la vérité ne me permet pas de dissimuler que cette conduite ne fut pas en lui l'effet de la prudence; la vie agitée & malheureuse qui a été le partage de ses premiers ans, ne lui a jamais présenté dans sa jeunesse cette tranquille situation nécessaire pour méditer profondément les objets dont on veut entretenir le Public, & les revêtir d'un style où l'on sente également & la raison sévère & la brillante imagination.

Rousseau étoit fils d'un Horloger de Genève. Les élans de sa fougueuse imagination lui rendoient impossible l'assujétissement qu'exigeoit le métier de son père ; & l'impatience de s'éclairer, à tous égards, dont la jeunesse de l'homme de génie est excessivement tourmentée, l'a emporté, dès le premier âge, loin de la maison paternelle. L'indigence qui devoit nécessairement être son partage, n'a point tardé à fondre sur sa tête, ainsi que tous les malheurs qui sont à la suite de l'indigence.

Admirons néanmoins, Monsieur, qu'au milieu des persécutions de toute espèce que la fortune lui a fait essuyer jusqu'à son neuvième lustre, le Philosophe Genevois ait pu acquérir une aussi vaste étendue de connoissances. Bénissons l'Être Suprême, qui, le destinant à plaider sur la terre la cause de la vertu, a voulu que, dès sa jeunesse, il fût exercé aux privations (1), afin que sa conduite fût analogue aux principes sévères qu'il répandroit dans ses Ecrits ; & qu'après avoir conquis les humains à la vertu par les forces de son éloquence, il s'attirât leurs respects par la modestie de ses mœurs, par une frugalité rare, & par un noble désintéressement.

---

(1) J'envie à Rousseau la vie pauvre qu'il a menée dans sa jeunesse. L'adversité dans le premier âge est une faveur des Cieux, elle est l'école de toutes les vertus. L'heureux Élève de l'adversité parvenu à l'âge d'homme, sans efforts pénibles, étonne les autres hommes par la sublimité de ses vertus.

Son neuvième lustre étoit commencé lorsqu'il vit une question intéressante qui étoit proposée par l'Académie de Dijon. Son génie s'embrâse; il prend la plume, il se montre : c'est un géant qui étonne l'Univers par la hauteur de son génie.

Il étoit question d'examiner si le rétablissement des Sciences & des Arts avoit contribué à épurer les mœurs.

Rousseau se déclare contre les Sciences, & jamais on n'a écrit contre elles aussi savamment ni avec autant d'éloquence. Le Lecteur interdit par la nouveauté du systême, ne sait ce qu'il doit admirer le plus dans Rousseau, ou de l'étendue de ses connoissances, ou des richesses de son imagination. Jamais la préférence qu'on doit à la vertu sur les talens, n'a été prononcée avec autant de force ni avec autant de magnificence. Ivre de la vertu, quand on a lu ce superbe Discours, on est tenté de brûler ses Livres; mais Rousseau est le premier à nous conseiller de n'en rien faire. Les Sciences, nous dit-il, sont un des meilleurs préservatifs du mal que nous ont fait les Sciences.

Les Sciences, en effet, ne dépravent point l'homme; mais en étendant le ressort de ses facultés, en augmentant leur énergie, elles le poussent vers la pente où il est entraîné. L'homme porté à la vertu en est plus vertueux; mais s'il est porté au vice, il devient de tous les pervers le plus déteſtable ; & comme il y a beaucoup plus d'hommes enclins à la perverſité que d'hommes aſpirans à la perfection, il eſt évident que les Sciences apportent beaucoup plus de déſordres que d'avantages chez les Nations qui les cultivent.

Ce raiſonnement, qui eſt très-ſimple, me paroît d'une force inſurmontable ; & je ſuis convaincu de la vérité qu'il établit, tout autant que je le ſuis de mon exiſtence.

Je ſuis également perſuadé que ſi le dépôt des connoiſſances humaines n'étoit confié qu'aux hommes vertueux (1), elles produiroient ſans contredit la plus grande félicité des Nations ; mais en France, par exemple, un trop grand nombre d'hommes ſont initiés dans les myſtères des Sciences : cette culture indiſcrette donne aux pervers une ſubtilité de raiſonnement par laquelle ils s'affranchiſſent de toutes les vertus ; le reſpect pour les parens, les devoirs de la reconnoiſſance, l'obéiſſance aux Lois, le deſir du bonheur des autres, la ſenſibilité de l'honneur, toutes ces qualités précieuſes qui forment le bon Citoyen, ſont anéanties par la Dialectique du plus grand nombre de nos beaux-

(1) L'un des hommes les plus vertueux que je connoiſſe, eſt du petit nombre des gens de Lettres qui tiennent le premier rang dans cette Capitale.

esprits : ils ne disent pas que ces vertus si louables ne sont que des extravagances, mais ils le pensent; & à cet égard leurs opinions secrettes se manifestent par leur conduite. On ne peut se dissimuler que l'égoïsme si frappant & si funeste qu'on reproche à notre siècle avec tant de fondement, ne soit le produit malheureux du progrès de nos connoissances (1).

Mais je m'apperçois, Monsieur, que je vous inspire une mélancolie qui vous glace, tant est lugubre la morale où je me suis engagé. Pour vous ranimer, j'ouvre le Discours de Jean-Jacques, & je tombe précisément à la magnifique Prosopopée de Fabricius. Lisons-la ensemble, & planons ensemble dans les Cieux. Rousseau parle des Romains.

« Aux noms sacrés de liberté, de désintéressement, d'obéissance aux Lois, succédèrent les noms d'Épicure, de Zénon, d'Arcésilas. Depuis que les Savans ont commencé à paroître parmi nous, disoient leurs propres Philosophes, les gens de bien se sont éclipsés. Jusqu'alors les Romains s'étoient contentés de pratiquer la vertu.

(1) Si des circonstances plus favorables me permettent de continuer mes petites Feuilles, je proposerai quelques idées qui pourroient arrêter en partie la fureur de la Nation pour le bel-esprit. Ma tête abonde d'idées; il y a trente ans qu'elle fermente.

» Tout fut perdu quand ils commencèrent à
» l'étudier.

» O Fabricius! qu'eût pensé votre grande âme,
» si, pour votre malheur, rappelé à la vie, vous
» eussiez vu la face pompeuse de cette Rome sauvée
» par votre bras, & que votre nom respectable a
» plus illustré que toutes ses conquêtes? Dieux!
» eussiez-vous dit, que sont devenus ces toits de
» chaume & ces foyers rustiques qu'habitoient
» jadis la modération & la vertu? Quelle splendeur
» funeste a succédé à la simplicité Romaine? Quel
» est ce langage étranger? Quelles sont ces mœurs
» efféminées? Que signifient ces Statues, ces Ta-
» bleaux, ces Édifices? Insensés, qu'avez-vous fait?
» Vous, les Maîtres des Nations, vous vous êtes
» rendus les Esclaves des hommes frivoles que vous
» avez vaincus; ce sont des Rhéteurs qui vous gou-
» vernent : c'est pour enrichir des Architectes, des
» Peintres, des Statuaires & des Histrions, que
» vous avez arrosé de votre sang la Grèce & l'Asie.
» Les dépouilles de Carthage sont la proie d'un
» joueur de flûte. Romains, hâtez-vous de ren-
» verser ces Amphithéâtres; brisez ces marbres;
» brûlez ces Tableaux; chassez ces Esclaves qui vous
» subjuguent & dont les funestes arts vous corrom-
» pent. Que d'autres mains s'illustrent par de vains
» talens. Le seul talent digne de Rome, est celui
» de conquérir le Monde, & d'y faire régner la

» vertu. Quand Cyneas prit notre Sénat pour une » Assemblée de Rois, il ne fut ébloui ni par une » pompe vaine, ni par une élégance recherchée. » Il n'y entendit point cette éloquence frivole, » l'étude & le charme des hommes futiles. Que vit » donc Cyneas de si majestueux ? O Citoyens ! il » vit un spectacle que ne donneront jamais vos » richesses ni tous vos arts, le plus beau spectacle » qui ait jamais paru sous le Ciel, l'Assemblée de » deux cens hommes vertueux, dignes de comman» der à Rome & de gouverner la Terre ».

Quand j'étois jeune, je savois par cœur cette sublime Prosopopée; lorsque j'errois dans les bois voisins de la Ville où je demeurois, je montois sur un trône de verdure, & je déclamois avec emphase ce morceau magnifique. L'œil en feu, le visage couvert des roses du bel âge, j'imaginois être Apôllon lui-même; je regardois autour de moi, & je croyois, comme cela arrive toujours dans la Mythologie, que les arbres & les pierres s'étoient émus aux accens de ma voix; & si nos climats eussent été la Patrie des lions & des tigres, je ne doutois point que je n'eusse vu ces superbes animaux venir déposer à mes pieds leur férocité, & suspendre quelques instans, pour m'écouter, leurs horribles mugissemens.

Jean-Baptiste Rousseau, que nous appelons le grand Rousseau, n'a rien d'aussi grand que ce morceau dans ses Odes. Je n'ai jamais été son admirateur; il n'emploie presque jamais le mot propre; à chaque instant il sacrifie la justesse de l'expression à la pompe d'un mot ou à la richesse de la rime. Je regarde ses Œuvres comme un Recueil de termes magnifiques, comme un Dictionnaire de rimes très-riches qui les rendent très-utiles à nos versificateurs; mais ce ne sont point des mots ni des rimes que je cherche dans un Poëte, ce sont des pensées.

Si on excepte trois ou quatre Odes qui attesteront éternellement que Jean-Baptiste Rousseau avoit au plus haut degré le génie du Poëte, dans ses autres Odes on ne sait trop ce qu'il veut dire; & dans ses Épîtres, il s'est tué à rimer des choses qui ne méritoient point d'être écrites en prose. Ses Cantates sont ce qu'il a fait de mieux, & sont en effet de charmantes Poésies; mais ce ne sont pas des titres pour être appelé le grand Rousseau.

Jean-Baptiste, dans l'Histoire de l'Esprit humain, doit être compté au nombre des hommes qui, ayant reçu de la nature les plus grands talens, n'en ont point tiré parti par le malheur des circonstances où ils ont vécu.

C'est donc pour Jean-Jacques que je réclame le titre de grand Rousseau. Je trouve dans le Discours qui nous occupe, & dans la nouvelle Héloïse, des morceaux de la Poésie la plus chaude, la plus attachante, la plus nerveuse, la plus sublime, la plus magnifique. Pour être un grand Poëte, il ne suffit pas de parler en vers, il ne suffit pas d'avoir un langage pompeux, il faut dire des vérités grandes qui soient utiles au genre humain.

Jean-Jacques en paroissant sur l'horison littéraire, a donné une secousse à l'esprit du siècle; son âme énergique a fait disparoître de nos Livres la mollesse de style qui s'y faisoit remarquer; le foyer qui la dévoroit a lancé du feu dans les productions de plusieurs de nos Écrivains. Quelques-uns à la vérité n'ayant point de forces réelles, se sont jetés dans l'enflure & le gigantesque; mais c'est le sort du meilleur Ecrivain d'avoir de mauvais imitateurs.

Je ne quitterai point, Monsieur, le Discours sur les Sciences & les Arts, sans vous observer que l'Académie de Dijon, en le couronnant, s'est acquis une gloire immortelle. Une Académie composée d'hommes moins supérieurs n'eût vu dans cet Ouvrage qu'une violente satyre & des Sciences & des Savans, & se fût bien gardée de lui accorder les honneurs du triomphe. Les Académiciens de Dijon, justement célèbres par l'étendue & la variété de leurs connoissances, en préférant aux Sciences & la vérité & la vertu, se sont montrés les premiers des Mortels. Nous leur devons les superbes Ouvrages de Rousseau, que ses succès obtenus à Dijon, ont déterminé à entrer dans la carrière des Lettres. Jamais les Académies de la Capitale n'ont fait un plus beau présent au monde littéraire.

LETTRE V.

Discours sur l'inégalité des conditions. Réflexion sur les digressions. Voltaire au milieu de sa gloire, importuné par la célébrité de Rousseau. Plaisanteries du Poëte sur le Philosophe. Belle action du Philosophe envers le Poëte. Hommages que Rousseau rend aux Chefs de sa République.

MONSIEUR,

L'ACADÉMIE de Dijon proposa une autre question très-digne encore de l'examen d'un Philosophe, & que voici :

« Quelle est l'origine de l'inégalité parmi les » hommes, & si elle est autorisée par la Loi » naturelle? ».

Ce sujet plut à Rousseau, & il le traita avec une profondeur, une étendue de connoissances, une force de raisonnement, un coloris d'expressions qui ajoutèrent encore à la gloire qu'il s'étoit acquise par son premier Discours.

» La Réligion, dit-il, nous ordonne de croire » que Dieu lui-même ayant tiré les hommes de » l'état de nature, ils sont inégaux, parce qu'il a » voulu qu'ils le fussent; mais elle ne nous défend » pas de former des conjectures tirées de la seule » nature de l'homme & des êtres qui l'environnent, » sur ce qu'auroit pu devenir le genre humain s'il » fût resté abandonné à lui-même. »

Le tableau de l'homme dans l'état de nature, l'inaltérable tranquillité dont il jouit dans cet état, les peines inconcevables & le tems infini qu'a dû coûter l'invention des langues, la formation insensible & graduelle des Sociétés, l'époque mémorable de l'orageuse institution des propriétés, la démonstration honorable pour le genre humain que l'homme est né bon, & qu'il ne cesse de l'être que par la fréquentation des autres hommes; l'exposition effrayante de tous les maux qui naissent de la Société; l'observation si vraie que dans la Société le mal de l'un fait toujours la prospérité de l'autre, d'où résulte le crime affreux de protester à un homme l'attachement le plus tendre, lorsque dans le fond du cœur on souhaite sa destruction, tous ces objets nouveaux

nouveaux pour un grand nombre de Lecteurs, sont présentés avec une rapidité de style où il y a presque autant de pensées que de mots.

De tous les Ouvrages de Rousseau, celui-ci est le mieux fait, c'est-à-dire, le plus méthodique; & c'est celui que je goûte le moins. J'aime avec idolâtrie les digressions qu'il s'est permises dans ses autres Ouvrages; je compare le plaisir qu'elles me font à celui qu'éprouve un Voyageur, qui, suivant un chemin bordé d'arbres d'une ennuyeuse régularité, apperçoit tout-à-coup une prairie émaillée de fleurs; des bouquets d'arbres semés çà & là, & sans aucun ordre, une colline d'une verdure éblouissante, au pied de laquelle la nature elle-même a formé une grotte, une fontaine dont l'eau crystalline invite l'homme champêtre à se désaltérer: le Voyageur enthousiasmé de ce point de vue, quitte le grand-chemin; il parcourt à pas lents ce pays enchanté; il va ensuite se reposer dans la grotte: il arrivera plus tard, mais il aura eu du plaisir.

Un Écrivain en qui le bon sens est la qualité dominante, peut parvenir à se faire lire en mettant beaucoup d'ordre & de précision dans ses Ouvrages; mais être abondant dans ses écrits, ne s'assujétir à aucune méthode, s'abandonner à toutes les digressions qui se présentent, & devenir, en écrivant ainsi, l'idole du monde littéraire, c'est le triomphe de l'éloquence, c'est le privilège du l'homme de génie, qui anime tous les objets dont il s'occupe, par le feu qui le dévore : & telle fut la gloire du Philosophe Genevois. Ce mérite enchanteur éclate principalement dans sa Lettre contre les Spectacles, dont je vous parlerai bientôt.

Rousseau envoya à Voltaire son Discours sur l'inégalité des conditions. Jamais Voltaire n'a été loué avec plus d'esprit, avec plus de délicatesse, avec plus d'enthousiasme, avec plus d'estime sentie, qu'il l'est dans la Lettre que Rousseau lui écrivit en lui présentant son Discours. L'une des choses les plus ingénieuses que Voltaire ait écrites, c'est la réponse qu'il fit à Rousseau; &, dans cette Lettre, le Poëte invite le Philosophe à venir partager sa solitude.

Voltaire alors ne voyoit dans Rousseau que son protégé; mais le protégé a eu l'audace de s'élever ensuite par d'autres Ouvrages à la hauteur de la réputation de son Protecteur, & de partager avec lui l'admiration du monde littéraire. Voltaire en a conçu de l'indignation, & n'a jamais pardonné à Rousseau son mérite éminent, qu'il sentoit mieux que personne.

En écrivant sur les persécutions que lui attira le Livre d'Emile, il est échappé à Rousseau de dire que, s'il eût écrit dans un siècle plus sincère & plus juste, on eût érigé des Statues à l'Auteur d'Emile. Ce mot ne partoit point d'un sentiment d'orgueil, mais du témoignage de sa conscience, qui ne pouvoit lui laisser ignorer qu'en publiant cet Ouvrage, il s'étoit rendu l'un des Bienfaiteurs du genre-humain (1).

A l'occasion de la franchise avec laquelle Rousseau avoit dit que l'Auteur d'Émile méritoit des Statues, Voltaire ne manqua pas de s'égayer beaucoup aux dépens de Rousseau. Tandis que le Poëte lançoit des Épigrammes contre le Philosophe, on propose dans Paris une Souscription pour ériger une Statue à Voltaire, Rousseau court souscrire un des premiers.

J'allois finir cette Lettre, Monsieur; mais je m'apperçois que je ne vous ai pas dit un mot de l'Épître dédicatoire qui est à la tête du Discours sur l'inégalité des conditions, & qui est adressée à la République de Genève.

Dieu! que Rousseau avoit une belle âme! Qu'elle se développe bien dans cette Dédicace! Hélas! quand il l'écrivoit, il ne prévoyoit point qu'un jour il abjureroit la qualité de Citoyen de Genève!

---

(1) En retranchant du Livre d'Émile les erreurs qui ont été proscrites par les Magistrats & par les Ministres de la Religion, je ne connois point de Livre plus propre à former un jeune-homme au bon sens, aux bonnes mœurs, à la plus haute vertu.

Je suis persuadé que, dans un siècle, cette Épître dédicatoire fera verser des larmes aux Genevois éclairés & sensibles. Superbes à juste titre de ce que leurs murs ont vu naître l'Auteur d'Émile, ils ne verront pas sans attendrissement combien ce grand Homme aimoit sa Patrie, combien il honoroit tous les Ordres dont elle est composée, combien il souhaitoit que le maintien des mœurs conservât & fît croître encore sa prospérité, combien il desiroit enfin la félicité de sa République : ils ne concevront jamais comment leurs Chefs se sont réunis aux Puissances qui ont persécuté l'Auteur d'Émile, lorsqu'ils pouvoient décemment garder le silence.

LETTRE VI.

Rousseau excelloit en Musique dans la Théorie comme dans la Composition. Son Devin du Village. Sa Lettre sur la Musique Françoise. Son admiration pour les talens de M. Gluck. Son Dictionnaire de Musique. Utilité des Bouffons.

MONSIEUR,

DANS les siècles où l'on croyoit aux Enchanteurs, dont les prodiges si bizarres font le charme des anciens Romans, Rousseau eût passé, s'il eût voulu, pour un Enchanteur. Au talent de déployer dans ses Livres la plus magnifique éloquence, il a joint un autre talent, qui, mieux encore que l'éloquence, exerce sur les cœurs un empire inévitable. Il possédoit au plus haut degré, dans la théorie comme dans la composition, la science du Musicien. Il est, ce me semble, entre les grands

Orateurs, le premier qui ait excellé dans la composition de la Musique. Réunir les deux talens, celui de l'Orateur & celui du Musicien, c'est avoir reçu de la nature un pouvoir supérieur à celui des Monarques. Un homme doué de ces deux magies, & qui vivroit sous les lois d'une République, pourroit à son choix souffler dans tous les cœurs les fureurs de la discorde, ou y allumer la soif d'une paix inaltérable (1).

Le Devin du Village, qui a eu un succès prodigieux, a présenté une nouveauté très-favorable au talent du Musicien. Les paroles & la musique sont de Rousseau. Aussi n'y a-t-il point d'Opéra où la musique soit plus d'accord avec les paroles. Ce petit Drame, plein de grâces & de mélodie, est un chef-d'œuvre. Il n'y a point d'année qu'on ne le donne une cinquantaine de fois, & le Public y court comme aux premières représentations. On ne connoît point d'Opéra joué aussi fréquemment, & vu constamment du Public avec autant d'ivresse. L'ouverture fait le plus grand plaisir; & ce Drame, toujours trouvé trop court, est rempli de charmantes

(1) On sait le fruit salutaire qu'ont produit les Lettres éloquentes & lumineuses que Rousseau a écrites de la Montagne. Les Genevois leur doivent la révolution qui a amélioré leur Gouvernement.

Ariettes que tout le monde fait par cœur, & finit par des airs de danse qui sont délicieux.

Les succès si flatteurs qu'obtint le Devin du Village, sembloient donner à l'Auteur le droit d'écrire sur la Musique. Il publia en effet une Lettre éloquente, où il déploya sur ce grand Art les connoissances les plus profondes, mais qui souleva contre lui toute la France.

Rousseau prouve dans cette Lettre que la Musique Françoise n'a ni mesure ni mélodie, & que c'est moins le tort de nos Compositeurs que celui de notre langue, qui, abondant en sons mixtes, en syllabes muettes, sourdes ou nazales, & ayant peu de voyelles sonores, beaucoup de consonnes & d'articulations, n'est point du tout favorable à la Musique. Il observe que notre Musique étant dénuée de toute mélodie agréable, on tâche d'y suppléer par des beautés factices, telles que des fredons, des cadences, des ports de voix, & d'autres agrémens qui ne sont point dans la nature. Il conclut, en finissant sa Lettre, que les François n'ont point de Musique, qu'ils n'en peuvent avoir, & que, si jamais ils en ont une, ce sera tant pis pour eux.

Rousseau a vécu assez long-tems pour connoître par lui-même, qu'à cet égard, il étoit un faux Prophète : il a vu les Opéras de M. Gluck, & il a été un des premiers à rendre hommage à la vérité & à la supériorité de ses talens. En sortant du superbe Opéra d'Iphigénie en Aulide, Rousseau a eu le courage d'avouer qu'il s'étoit trompé, & que les François auroient pourtant une Musique.

J'observerai sur l'autre partie de sa prédiction, que nous aurons une Musique, & que je ne vois pas que ce soit tant pis pour nous. Notre dépravation, contre laquelle ce Philosophe a lancé les foudres de son éloquence, n'est plus susceptible d'accroissement; elle est au plus haut degré; & la seule amertume qui puisse troubler les hommes sensibles qui assistent aux Opéras de M. Gluck, c'est de penser que Rousseau, qui, vu son âge, pouvoit partager leurs plaisirs encore une vingtaine d'années, n'existe plus que dans ses Ouvrages.

J'ouvre son Dictionnaire sur la Musique, & je tombe sur le mot *Génie;* l'article est si beau, que je ne puis m'empêcher de le transcrire.

« Ne cherche point, jeune Artiste, ce que » c'est que le génie. En as-tu? Tu le sens en » toi-même. N'en as-tu pas? Tu ne le connoîtras » jamais. Le *Génie* du Musicien soumet l'Uni- » vers entier à son Art. Il peint tous les tableaux » par des sons; il fait parler le silence même; il » rend les idées par des sentimens, les sentimens » par des accens; & les passions qu'il exprime, » il les excite au fond des cœurs. La volupté par

» lui prend de nouveaux charmes ; la douleur » qu'il fait gémir arrache des cris ; il brûle sans » cesse & ne se consume jamais. Il exprime avec » chaleur les frimats & les glaces ; même en » peignant les horreurs de la mort, il porte dans » l'âme ce sentiment de vie qui ne l'abandonne » point, & qu'il communique aux cœurs faits » pour le sentir. Mais, hélas ! il ne fait rien dire » à ceux où son germe n'est pas, & ses prodiges » sont peu sensibles à qui ne les peut imiter. » Veux-tu donc savoir si quelque étincelle de ce » feu dévorant t'anime ? Cours, vole à Naples » écouter les Chefs-d'œuvres de Léo, de Durante, » de Jommelli, de Pergolèse. Si tes yeux s'em- » plissent de larmes, si tu sens ton cœur palpiter, » si des tressaillemens t'agitent, si l'oppression te » suffoque, dans tes transports prends le Mé- » tastase, & travaille ; son génie échauffera le » tien ; tu créeras à son exemple : c'est-là ce que » fait le génie ; & d'autres yeux te rendront bien- » tôt les pleurs que les Maîtres t'ont fait verser. » Mais si les charmes de ce grand Art te laissent » tranquille, si tu n'as ni délire ni ravissement, si » tu ne trouves que beau ce qui transporte, oses tu » demander ce que c'est que le génie ? »

Est-ce un Mortel, est-ce un Dieu qui a écrit ces lignes ? En les lisant la tête s'enflamme, on s'élève dans les Cieux, on entre dans l'Olympe; c'est un Dieu qui a parlé.

Quel plus bel hommage a jamais été rendu à la Musique Italienne! Sa supériorité est depuis longtems reconnue par les Anglois, les Allemands & les Espagnols; elle commence à avoir en France des Partisans; mais ils sont encore en bien petit nombre.

Nos jeunes Compositeurs n'ayant pas toujours le pouvoir de faire le voyage d'Italie pour se perfectionner, on leur a rendu un très-grand service en faisant venir l'Italie sur le Théâtre de l'Opéra. Si les Bouffons restent plusieurs années, les oreilles Françoises se formeront à la véritable Musique; elle aura en France des Auteurs & des Spectateurs dignes d'elle; & dans un siècle, on saura beaucoup de gré aux Administrateurs de l'Opéra d'avoir hâté sur leur Théâtre cette charmante révolution.

LETTRE VII.

LETTRE DE ROUSSEAU CONTRE LES SPECTACLES.

Sévérité de Mœurs d'un Négociant de Paris. Vie heureuse d'un Peuple Montagnard. Belle digression sur un Tribunal qui pourroit être appelé la Cour d'honneur. Causes qui ont produit la dissipation actuelle des femmes. La Pudeur est une inspiration de la Nature bien ordonnée, & point du tout une vertu de convention.

MONSIEUR,

UN PHILOSOPHE célèbre, qui a aussi les plus justes droits à l'estime du monde littéraire, M. Dalembert, après avoir fait dans le Dictionnaire de l'Encyclopédie la Description la plus détaillée & la plus intéressante de la République de Genève, regrette qu'elle n'ait point une Troupe de Comédiens.

Rousseau, en lisant cet article, conçoit les plus vives alarmes pour sa Patrie. Son génie s'embrâse; il prend la plume; & pour s'opposer à l'établissement d'une Comédie dans Genève, il écrit tout ce qui se présente à son imagination, & tout ce qui se présente est heureux. Il se conduit dans cet Ouvrage comme Genève elle-même se conduisit, lorsqu'au milieu de la nuit, dans l'hiver le plus rigoureux, elle fut surprise par l'ennemi qui entroit dans ses murs. Les Citoyens, frémissant de perdre leur liberté, se lèvent à la hâte; & tout ce qui se présente sous leurs mains, est une arme pour repousser l'ennemi.

« La Nature même, dit Rousseau, a dicté la » réponse de ce Barbare à qui l'on vantoit la » magnificence du Cirque & des jeux établis à » Rome. Les Romains, demanda ce bon-homme, » n'ont-ils ni femmes ni enfans? Le Barbare avoit » raison. L'on croit s'assembler au Spectacle, & » c'est-là que chacun s'isole; c'est-là qu'on va ou» blier ses amis, ses voisins, ses proches, pour s'in» téresser à des Fables. »

Il est certain que des Citoyens attentifs à remplir tous les devoirs de l'homme, ne doivent pas trouver de tems pour aller au Spectacle. Ces devoirs sont si multipliés, & tant de plaisir est attaché au soin de s'en acquitter, qu'il n'en coûte point d'efforts à l'homme vertueux pour s'abstenir des Spectacles.

J'ai connu dans Paris, il y a vingt ans, un Négociant respectable qui n'existe plus. Il demeuroit assez près de l'Opéra, & n'y a jamais mis les pieds, ni à aucun autre Spectacle. Quoique cet homme eût de la piété, & ne s'en cachât point, ses principes, à l'égard du Théâtre, partoient moins d'un scrupule religieux, que du desir de faire du tems le meilleur emploi possible.

Lorsque ses principes étoient moins connus, & que dans des jours de loisir on lui proposoit une partie de Spectacle, il répondoit qu'il aimoit mieux aller voir un ami dont la santé étoit chancelante, ou dont les affaires prenoient une mauvaise tournure. Si mon ami, disoit-il, est dans une situation fâcheuse, je pleurerai avec lui; s'il a des espérances d'un meilleur sort, je me réjouirai avec lui, & mes ris ou mes pleurs auront plus de bon sens que les pleurs ou les ris qui sont excités par la représentation d'un Ouvrage dramatique.

Paris rassemble tout, & le délire des passions & l'innocence des mœurs. Ne doutez pas, Monsieur, qu'il n'y ait toujours dans ses murs des hommes aussi vertueux que celui dont je viens de parler; mais ils sont rares.

Dans cette Capitale, les infortunés, les infirmes, les vieillards sont abandonnés; la fureur du Spectacle entraîne tous les états ; & dans cette Ville si éclairée, où l'on parle sans cesse & d'humanité & de bienfaisance, ces vertus si douces y sont beaucoup moins cultivées que chez les Sauvages.

Il est cependant vrai que dans une Ville comme Paris, où le goût des plaisirs purs est totalement perdu, & où abonde une multitude d'hommes sans mœurs, les Spectacles sont nécessaires. Rousseau en convient ; mais il a prouvé d'une manière incontestable, qu'ils apporteroient un désordre & des malheurs irréparables dans Genève, où l'emploi du tems est toute la fortune des Citoyens.

Il cite en exemple un Peuple Montagnard, qui est aux environs de Neufchatel. Ces heureux Paysans, dit-il, tous à leur aise, francs de Taille, d'Impôts, de Subdélégués, de Corvées, cultivent avec tout le soin possible des biens dont le produit est pour eux, & emploient le loisir que cette culture leur laisse, à faire mille ouvrages ingénieux que leur suggère le génie inventif qu'ils ont reçu de la Nature. L'hiver sur-tout, tems où la hauteur des neiges leur ôte une communication facile, chacun renfermé bien chaudement avec sa nombreuse famille dans sa jolie maison qu'il a bâtie lui-même, s'occupe de tous ces travaux amusans. Jamais Menuisier, Serrurier, Vitrier, Tourneur de profession n'entra dans le pays ; tous le sont pour eux-mêmes, aucun ne l'est pour autrui.

Ils ont de bons Livres; ils les lisent, & en parlent sensément; ils savent un peu chiffrer, dessiner, peindre; la plupart jouent de la flûte; plusieurs ont un peu de Musique, & chantent juste. Ces Arts ne leur sont point enseignés par des Maîtres, mais leur passent, pour ainsi dire, par tradition. De ceux que Rousseau a vu savoir la Musique, l'un lui disoit l'avoir apprise de son père, un autre de sa tante, un autre de son cousin; quelques-uns croyoient l'avoir toujours sue.

Après le tableau enchanteur de la vie parfaitement heureuse de ces vertueux Montagnards, supposons, dit le Philosophe Genevois, qu'on établisse un Spectacle dans le centre de leurs habitations, leur bonheur paisible, & qui étoit inaltérable, va être anéanti; les plaisirs simples dont ils se contentoient, vont leur devenir insipides, & seront remplacés par des besoins factices qui entraîneront la ruine de leur repos & de leur fortune.

Revenant ensuite au Théâtre que M. Dalembert propose aux Genevois d'établir dans leur Ville. Rousseau réfute ce Philosophe, qui dit que des lois sévères pourroient contenir les Comédiens & les empêcher de répandre du désordre dans la Ville. Cette réfutation engage l'Adversaire des Spectacles à considérer comment les lois peuvent influer sur les mœurs, & le conduit à une autre digression qui est du plus grand intérêt.

C'est par l'opinion publique, nous dit-il, que le Gouvernement peut avoir prise sur les mœurs; il ne peut exercer un véritable empire sur elles ni par les lois, ni par les peines, ni par aucune espèce de moyens coactifs. Citons en exemple, continue-t-il, le Tribunal des Maréchaux de France.

De quoi s'agissoit-il dans cette institution? De changer l'opinion publique sur les duels; mais pour y parvenir, il falloit écarter avec le plus grand soin de ce Tribunal, tout vestige de violence: on devoit savoir que la force n'a aucun empire sur les esprits; le mot même de *Tribunal* étoit mal imaginé; il falloit appeler cette institution *la Cour d'honneur*; il falloit lui soumettre tous les combats particuliers, soit pour les juger, soit pour les prévenir, soit même *pour les permettre*.

Par ce moyen tous les appels secrets seroient infailliblement tombés dans le décri; l'honneur offensé pouvant se défendre, & le courage se montrer au champ d'honneur, on eût très-justement suspecté tous ceux qui se seroient cachés pour se battre.

Rousseau observe que si cet établissement eût été bien fait, les Grands & les Princes eussent été

soumis

soumis eux-mêmes à ce Tribunal, & eussent tremblé au seul nom de la Cour d'honneur; il auroit fallu, ajoute-t-il, qu'en l'instituant, on y eût porté tous les démêlés personnels qui existoient alors entre les premiers du Royaume; que Louis XIV permît qu'on le citât lui-même à la Cour d'honneur, quand il jeta sa canne par la fenêtre, de peur, dit-il, de frapper un Gentilhomme (1), & que le Tribunal lui eût décerné un prix d'honneur pour la modération du Monarque dans la colère. Ce prix, qui devoit être un signe très-simple, mais visible, porté par le Roi toute sa vie, lui eût été un ornement plus honorable que ceux de la Royauté. Il est certain que, quant à l'honneur, les Rois eux-mêmes sont soumis plus que personne au jugement du Public, & peuvent par conséquent, sans s'abaisser, comparoître au Tribunal qui le représente. Louis XIV étoit digne de faire de ces choses-là, si quelqu'un les lui eût suggérées.

Du siècle de Louis XIV, Rousseau revole vers sa chère Patrie; il lance encore quelques foudres contre les Comédiens, & la sévérité de sa censure le conduit à ne faire grâce à personne, pas même aux femmes, dont néanmoins il sentoit les charmes

(1) M. de Lauzun

plus qu'aucun homme : il les accuse d'avoir totalement oublié la modestie de leur sexe.

Après avoir peint la réserve dans laquelle les femmes vivoient autrefois, tout est changé, dit-il, depuis que des foules de Barbares, traînant avec eux leurs femmes dans les armées, eurent inondé l'Europe. La licence des camps, jointe à la froideur naturelle des climats septentrionaux qui rend la réserve moins nécessaire, introduisit une autre manière de vivre que favorisèrent les Livres de Chevalerie, *où les belles Dames passoient leur vie à se faire enlever par des hommes, en tout bien & en tout honneur.* Comme ces Livres étoient les Écoles de la galanterie du tems, les idées de liberté qu'ils inspirent, s'introduisirent sur-tout dans les Cours & les grandes Villes, où l'on se pique davantage de politesse; par le progrès même de cette politesse, elle dût dégénérer en grossièreté. C'est ainsi que la modestie naturelle au sexe, est peu-à-peu disparue, & que les mœurs des Vivandières se sont transmises aux femmes de qualité : ce sont les termes de Rousseau.

Quelques pages auparavant il avoit fait de la pudeur des femmes un tableau si charmant, qu'il m'est impossible de ne le point placer ici.

« Comment peut-on disputer la vérité de ce » sentiment? La seule comparaison des sexes suffi- » roit pour le constater. N'est-ce pas la nature

» qui pare les jeunes personnes de ces traits si
» doux qu'un peu de honte rend plus touchans
» encore ? N'est-ce pas elle qui met dans leurs
» yeux ce regard timide & tendre auquel on ré-
» siste avec tant de peine ? N'est-ce pas elle qui
» donne à leur teint plus d'éclat & à leur peau
» plus de finesse, afin qu'une modeste rougeur
» s'y laisse mieux appercevoir ? N'est-ce pas elle
» qui les rend craintives, afin qu'elles fuient, &
» foibles, afin qu'elles cèdent ? A quoi bon leur
» donner un cœur plus sensible à la pitié, moins
» de vîtesse à la course, un corps moins robuste,
» une stature moins haute, des muscles plus dé-
» licats, si elle ne les eût destinées à se laisser
» vaincre ? Assujéties aux incommodités de la
» grossesse & aux douleurs de l'enfantement, ce
» surcroît de travail exigeoit-il une diminution de
» forces ? Mais pour les réduire à cet état péni-
» ble, il les falloit assez fortes pour ne succomber
» qu'à leur volonté, & assez foibles pour avoir
» toujours un prétexte de se rendre. Voilà précisé-
» ment le point où les a placées la Nature. »

Je ne crois pas, Monsieur, qu'à l'occasion des femmes, on ait jamais rien écrit de plus heureux.

Après avoir brisé, mis en poudre le Théâtre que M. Dalembert vouloit placer dans Genève, Rousseau propose à ses Concitoyens, pour leur récréation commune, l'institution d'un Bal entre de jeunes personnes à marier ; & son cœur, autant que son esprit, se répand avec complaisance dans la charmante description de ces Fêtes, qui pourroient être périodiques.

C'est ainsi que le Philosophe Genevois, caché dans sa chaumière de Montmorenci, où il a écrit sa Lettre contre les Spéctacles, & heureusement éloigné des Gens de goût, dont les conseils eussent mutilé ce chef-d'œuvre, a tracé, sans le secours d'aucuns Livres, & par la seule impulsion de son génie, ces tableaux ou délicieux ou superbes qui attireront éternellement les regards de l'Univers.

Je vois, Monsieur, que vous partagez l'ivresse qui m'est inspirée par la Lettre contre les Spéctacles ; mais notre enthousiasme va s'accroître encore ; je vais vous parler de la nouvelle Héloïse.

LETTRE VIII.

DÉFENSE DU PLAN DE LA NOUVELLE HÉLOYSE.

Julie a dû épouser M. de Wolmar. Ce vertueux époux, après plusieurs années de mariage, a dû ouvrir sa maison, avec confiance, à l'ancien amant de sa femme. La nouvelle Héloïse est un Poëme.

MONSIEUR,

J'OUVRE ce Livre sublime, & le cœur me palpite. Que les pervers fuient loin de nous; ils ne voient dans cet Ouvrage que des invraisemblances; cela doit être, ils ne sont pas faits pour l'entendre; c'est le Livre des honnêtes-gens. Pour trouver naturelle, & dans les règles du bon sens, la marche de cet admirable Roman, je me trompe, de ce Poëme immortel, il n'est question que de croire à la vertu.

Quelle est la Fable de ce Poëme? Elle est simple.

C'eſt la reſſource des Écrivains vulgaires, que de couvrir par la multitude des incidens la ſécheresſe de leur âme.

Un Jeune-homme ſans naiſſance & ſans fortune, mais très-riche par le mérite perſonnel, conçoit une ardente paſſion pour une fille Noble d'une rare beauté, mais plus étonnante encore par les grandes qualités de l'âme.

Le père de la Demoiſelle, vieux Gentilhomme rempli de préjugés, eſt indigné de l'attachement que ſa fille a conçu pour un Roturier. Par les ordres de ſon père, elle renonce à ſon amant, & elle épouſe un homme reſpectable qui a autrefois ſauvé la vie à ſon père dans un combat.

On s'écrie ſur ce mariage, que Julie devoit réſiſter aux volontés de ſon père, & demeurer fidelle à ſon Amant.

Je réponds que, ſi dans la conduite qu'elle a tenue juſques-là, on voit une invincible paſſion pour Saint-Preux, on remarque auſſi en elle toute la timidité de ſon ſexe. Sa mère n'exiſtoit plus; elle n'avoit aucun refuge contre le deſpotiſme de ſon père. Nous voyons tous les jours des filles également idolâtres de leur Amant, céder à des repréſentations bien moins preſſantes que celle qui fut employée pour triompher de la réſiſtance de Julie. Telle eſt la deſtinée de ce ſexe qui fait notre félicité. On abuſe de ſa timidité, de ſa douceur, & on l'immole avec barbarie à des arrangemens de famille.

Pour briser les volontés de Julie, que fait son père? Ce vieillard opiniâtre, ce père inflexible tombe à ses genoux; & fixant sur ses yeux, ses yeux noyés de larmes, il lui parle ainsi :

« Ma fille, respecte les cheveux blancs de ton » malheureux père; ne le fais pas descendre avec » douleur au tombeau, comme celle qui te porta » dans son sein. Ah! veux-tu donner la mort à » toute ta famille?

» M. de Wolmar est un homme d'une grande » naissance, distingué par toutes les qualités qui » peuvent la soutenir, qui jouit de la considération » publique, & qui la mérite. Je lui dois la vie; » vous savez les engagemens que j'ai pris avec lui. » Ce qu'il faut vous apprendre encore, c'est » qu'étant allé dans son pays pour mettre ordre à » ses affaires, il s'est trouvé enveloppé dans la der- » nière révolution, qu'il y a perdu ses biens, qu'il » n'a lui-même échappé à l'exil en Sibérie que par » un bonheur singulier, & qu'il revient avec les » tristes débris de sa fortune, sur la parole de son » ami, qui n'en manqua jamais à personne. Pres- » crivez-moi maintenant la réception qu'il faut lui » faire à son retour. Lui dirai-je, Monsieur, je » vous ai promis ma fille quand vous étiez riche;

» mais à présent que vous n'avez plus rien, je me » rétracte, & ma fille ne veut point de vous. »

Quelle est la fille bien née qui auroit résisté à ce discours pressant tenu par un père en larmes qui est aux genoux de sa fille? . . . . Aussi Julie s'écrie-t-elle : « J'avois des armes contre vos menaces, je » n'en ai point contre vos pleurs. »

On fait contre ce Roman une autre objection, qui, au premier coup-d'œil, paroît sans réplique. Il n'est pas concevable, dit-on, que Wolmar appelle dans sa maison l'Amant de sa femme.

Je réponds que c'est après trois ans de mariage que Wolmar ouvre sa maison à Saint-Preux, & qu'il ne lui a fait cette invitation que lorsque celui-ci arrivoit d'un voyage qui avoit duré plusieurs années, quand il venoit de faire le tour du Globe avec l'Amiral Anson.

Si, dans le moment de son mariage, Wolmar eût appelé ce jeune-homme dans sa maison, le procédé n'eût pas été seulement indiscret, il eût été cruel; mais il ne le reçoit chez lui que lorsque le jeune-homme venoit de faire une absence de plusieurs années, & que la multitude d'objets & de Peuples divers qui avoient passé sous ses yeux, ayant tempéré l'ardeur d'une passion sans espoir, avoit mis son âme dans une situation à préférer le bonheur d'habiter la maison de sa Maîtresse, à l'ivresse passagère d'obtenir tout d'une autre femme.

Que les hommes qui, auprès d'une femme aimable, ne cherchent que les plaisirs des sens, connoissent peu ce que vaut une femme aimable! Être de sa société intime, recevoir les épanchemens de son âme dans la joie comme dans la douleur, partager ses repas, converser ou lire auprès d'elle, être toujours l'un des hommes qui sont sa partie; quand il lui plaît de s'occuper & de garder le silence, la regarder travailler, & s'abandonner auprès d'elle aux touchantes rêveries de l'amitié; quand elle est errante dans ses jardins, être sur ses traces; au milieu d'un cercle nombreux, l'observer, fixant sur nous un regard d'estime, sans se hâter de détourner les yeux; quand aux heures du salon on a tardé de paroître, la trouver inquiette; quand on a fait une bonne action, recueillir dans ses regards le prix de sa vertu; recevoir d'elle enfin dans un jour mille témoignages de l'amitié la plus tendre, c'est pour un homme sensible & délicat, un bonheur qui vaut mille fois mieux que la félicité à laquelle il donneroit la préférence, s'il en étoit le maître (1).

L'honnête Wolmar qui connoît le cœur humain, & qui croit à la vertu, veut procurer à Saint-Preux

(1) Les hommes qui ne sont appelés auprès des femmes que par le physique, riront des plaisirs que je viens de décrire. Cela m'est égal; ce n'est pas pour eux que j'ai fait la description.

cette vie agréable auprès de Madame de Wolmar; & trop avancé en âge pour se promettre d'élever lui-même ses enfans, il veut leur assurer dans la personne de Saint-Preux un vertueux Précepteur.

Quelque tems après son arrivée, Wolmar conduit sa femme & lui dans son cabinet, & leur dit : « Vous croyez que vos Lettres ont été brûlées; je les ai dans un tiroir; les voici : elles » sont les fondemens de ma sécurité. Si ces Let- » tres me trompoient, ce seroit une folie de » compter sur rien de ce que respectent les hommes. » Je remets ma femme & mon honneur à celle » qui, fille & séduite, préféroit un acte de bien- » faisance à un rendez-vous unique & sûr. Je » confie Julie, épouse & mère, à celui qui, » maître de contenter ses desirs, sut respecter » Julie amante & fille. Que celui de vous deux qui » se méprise assez pour penser que j'ai tort, le dise, » & je me rétracte à l'instant. »

Monsieur, que ce langage est sublime! Que mon imagination me peint vivement cette scène admirable! Mon cœur me dit que la confiance de Wolmar n'est point chimérique, qu'elle est au contraire dans la nature perfectionnée.

Mais j'ai honte d'employer un tems aussi long à justifier le plan de la nouvelle Héloïse. Rousseau certainement y a plus réfléchi que ses Adversaires.

Il y a donc plus de raison de se ranger de son parti que du leur. Quant aux critiques qui partent d'un esprit corrompu, elles sont bien foibles contre un Ouvrage qui part d'un cœur vertueux.

Je n'ai plus qu'un mot à dire sur l'opinion où je suis, que la nouvelle Héloïse est un Poëme.

Je vous observerai d'abord, Monsieur, que le plus grand nombre des personnes qui connoissent les Poëmes d'Homère, ne les ont lus que dans les traductions qui en ont été faites en prose par Madame Dacier. Homère ne s'est donc énoncé qu'en prose pour ces personnes; Homère en est-il moins un Poëte, & un très-grand Poëte à leurs yeux?

Quels sont les traits principaux qui caractérisent le Poëme? Un sujet qui soit un, & qui puisse intéresser tout l'Univers qui pense, des leçons utiles au genre-humain, des caractères variés & soutenus, des tableaux qui peignent avec feu l'amour, l'amitié, la grandeur d'âme, toutes les passions qui agitent le cœur de l'homme, & les vertus qui font son bonheur; enfin, un langage plein de chaleur & d'énergie, & toujours un superbe choix d'expressions. Tous ces traits précieux caractérisent exactement la nouvelle Héloïse.

Daignez m'admettre un instant dans votre Société, respectable Wolmar, étonnante Julie, charmante Claire, vertueux Édouart, estimable Saint-

Preux ; souffrez que je m'élève jusqu'à vos âmes sublimes, & que j'en dévoile les richesses ! Que je sais bon gré à Rousseau de n'avoir mêlé parmi vous aucun pervers, & de ne nous présenter dans son Poëme que le spectacle délicieux d'un cercle d'honnêtes gens !

LETTRE IX.

CARACTÈRE DE JULIE.

Ses Amours. Son respect pour sa Mère. Son attachement pour son Mari. Sa dévotion. Sa mort.

MONSIEUR,

JULIE amante, amie, épouse & mère, fera éternellement la conquête des âmes honnêtes & sensibles. Il est impossible que les Romanciers ou les Poëtes imaginent une femme plus attrayante, plus aimable, plus vertueuse & plus tendre.

Il étoit difficile qu'une jeune personne à qui la

nature avoit donné tant de charmes & tant de ſenſibilité, n'inſpirât à un jeune-homme qui étoit ſon Maître d'études, une paſſion très-violente, & qu'elle ne la partageât. Si cette inclination ne pouvoit avoir le ſuffrage de ſes parens, c'eſt le tort de la mère qui avoit accordé au jeune-homme l'entrée de ſa maiſon; mais on peut remarquer par-tout de pareilles imprudences de la part des mères.

L'honnêteté de l'âme de Julie ſe montre dans ſes amours comme dans tout le reſte de ſa vie. Elle ſe défend long-tems de la vive impreſſion que lui fait ſon Maître d'études; mais les leçons qu'il lui donne la mettant tous les jours dans l'occaſion de le voir, comment auroit-elle pu échapper à la ſéduction?

Après avoir reçu pluſieurs Lettres inſpirées par l'amour le plus tendre & le plus paſſionné, elle répond. Sa première Lettre peint le déſordre de ſon âme: elle adore ſon Amant, elle adore la vertu; & les terribles perplexités qu'elle éprouve, ſont décrites avec l'éloquence la plus touchante & la plus naturelle.

« Je n'ai rien négligé, lui dit-elle, pour arrê-
» ter le progrès de cette paſſion funeſte. Dans
» l'impuiſſance de réſiſter, j'ai voulu me garantir
» d'être attaquée; tes pourſuites ont trompé ma
» vaine prudence. Cent fois j'ai voulu me jeter

» aux pieds des Auteurs de mes jours; cent fois » j'ai voulu leur ouvrir mon cœur coupable : ils » ne peuvent connoître ce qui s'y passe; ils vou- » dront appliquer des remèdes ordinaires à un » mal désespéré. Ma mère est foible & sans au- » torité; je connois l'inflexible sévérité de mon » père, & je ne ferai que perdre & deshonorer » moi, ma famille & toi-même. Mon amie est » absente; mon frère n'est plus; je ne trouve » aucun Protecteur au monde contre l'ennemi qui » me poursuit; j'implore en vain le Ciel; le Ciel » est sourd aux prières des foibles. Tout fomente » l'ardeur qui me dévore; tout m'abandonne à » moi-même, ou plutôt tout me livre à toi; la » Nature entière semble être ta complice; tous » mes efforts sont vains; je t'adore en dépit de » moi-même. »

Cette première Lettre écrite, la passion de Julie s'enflamme. Vous savez, Monsieur, que l'amour ne cause jamais plus de ravage que dans les cœurs vertueux; les obstacles qu'il y rencontre l'irritent; il y devient bientôt un volcan indomptable, qui, excitant une continuelle exaltation de tête, montre sans cesse l'objet adoré, paré de charmes infiniment supérieurs à la réalité. Séduite par les piéges que lui tend sa brûlante imagination, par les Lettres enchanteresses que lui écrit son Maître d'études, par les fréquentes entrevues qu'occasionnent les leçons, Julie succombe; son Amant est heureux. Le remords dévorant s'élève bientôt dans son cœur; dans le désespoir qu'elle éprouve, elle écrit à Claire, sa cousine; elle verse ses douleurs profondes dans le sein de son amie.

« Reste, ah! reste; ne reviens jamais, tu viendrois trop tard. Je ne dois plus te voir; comment soutiendrois-je ta vue?

» Où étois-tu ma douce amie, ma sauve-garde, mon Ange tutélaire? Tu m'as abandonnée, & j'ai péri. Quoi! ce fatal voyage étoit-il si nécessaire ou si pressé? Pouvois-tu me laisser à moi-même dans l'instant le plus dangereux de ma vie? Que de regrets tu t'es préparés par cette coupable négligence! Ils seront éternels, ainsi que mes pleurs. Ta perte n'est pas moins irréparable que la mienne, & une autre amie digne de toi n'est pas plus facile à recouvrer que mon innocence.

« Qu'ai-je dit, misérable! Je ne puis ni parler ni me taire. Que sert le silence quand le remords crie? L'Univers entier ne me reproche-t-il pas ma faute? Ma honte n'est-elle pas écrite sur tous les objets? Si je ne verse mon cœur dans le tien, il faudra que j'étouffe. »

Le remords s'éloigne, la passion se rallume; Julie accorde un nouveau rendez-vous; le rendez-vous manque, parce qu'elle préfère à Saint-Preux un voyage très-pressé, dont l'objet est un acte de bienfaisance : c'est l'anecdote de leurs amours qui a saisi Wolmar d'admiration, & qui l'a déterminé à ouvrir sa maison à l'Amant de sa femme.

Milord Édouart arrive, il prend du goût pour Julie; l'Amant en conçoit des alarmes. Démêlé très-vif à ce sujet entre Saint-Preux & Milord Édouart; le duel est proposé. Julie écrit contre le duel, à son Amant, la Lettre la plus solide & la plus éloquente. Julie écrit ensuite à Milord, & n'imagine pas la moindre imprudence dans sa démarche. Enchanté de cette confiance, Milord va faire des excuses à son Amant, & la scène est sublime.

Dans l'enthousiasme de sa reconnoissance, Julie écrit à Saint-Preux. « Amène demain Milord » Édouart; que je me jette à ses pieds comme » il s'est mis aux tiens. Quelle grandeur! quelle » générosité! O que nous sommes petits devant » lui! Conserve ce précieux ami comme la prunelle de ton œil. Peut-être vaudroit-il moins » s'il étoit plus tempérant. Jamais homme sans défauts eut-il de grandes vertus. »

Après avoir fait des tentatives infructueuses auprès du père de Julie, pour marier cette charmante fille à son Amant, Milord Edouart propose à Julie de passer en Angleterre avec Saint-Preux pour l'épouser, & leur offre une Terre qu'il a dans le Duché d'Yorck. Julie eſt exceſſivement tentée par la propoſition; mais elle ne l'accepte point par la terreur de réduire au déſeſpoir les Auteurs de ſes jours.

Claire ſe marie; elle épouſe M. d'Orbe. Julie ſent qu'il ne convient plus que ſa couſine reçoive les Lettres de ſon Amant pour les lui remettre, & elle en prévient Saint-Preux.

Madame d'Étange, mère de Julie, trouve les Lettres de ſa fille. La mère tombe malade; elle exige que ſa fille rompe avec ſon Amant. Julie obéit; la mère meurt; la fille eſt au déſeſpoir; & dans les égaremens de ſa douleur, elle s'obſtine à croire que c'eſt elle qui a mis ſa mère au tombeau: elle écrit à Saint-Preux les reproches qu'elle ſe fait, & lui dit adieu pour jamais.

Julie, par les ordres de ſon père, demande à ſon Amant qu'il lui rende ſa liberté; celui-ci, en frémiſſant, la lui rend. Julie épouſe M. de Wolmar.

Quelques jours après ſon mariage, elle écrit à Saint-Preux une ſuperbe Lettre, dans laquelle elle fait une récapitulation de leurs amours, & où elle peint d'une manière touchante la révolution qu'elle a éprouvée au pied des Autels. Ecoutons Julie elle-même.

« Arrivée à l'Égliſe, je ſentis en y entrant une » ſorte d'émotion que je n'avois jamais éprouvée.

» Je ne ſais quelle terreur vint ſaiſir mon âme dans
» ce lieu ſimple & auguſte, tout rempli de la ma-
» jeſté de celui qu'on y ſert. Une frayeur ſoudaine
» me fit friſſonner : tremblante & prête à tomber
» en défaillance, j'eus peine à me traîner juſqu'au
» pied de la Chaire. Loin de me remettre, je ſentis
» mon trouble augmenter durant la cérémonie ;
» & s'il me laiſſoit appercevoir les objets, c'étoit
» pour en être épouvantée. Le jour ſombre de
» l'édifice, le profond ſilence des Spectateurs,
» leur maintien modeſte & recueilli, le cortège
» de tous mes parens, l'impoſant aſpect de mon
» vénéré père, tout donnoit à ce qui s'alloit
» paſſer, un air de ſolennité qui m'excitoit à
» l'attention & au reſpect, & qui m'eût fait frémir
» à la ſeule idée d'un parjure. Je crus voir l'or-
» gane de la Providence, & entendre la voix de
» Dieu dans le Miniſtre, prononçant gravement
» la Sainte Liturgie. La pureté, la dignité, la
» ſainteté du mariage ſi vivement expoſées dans
» les paroles de l'Écriture, ſes chaſtes & ſublimes
» devoirs ſi importans au bonheur, à l'ordre, à
» la paix, à la durée du genre-humain, ſi doux
» à remplir pour eux-mêmes ; tout cela me fit
» une telle impreſſion, que je crus ſentir intérieu-
» rement une révolution ſubite. Une puiſſance
» inconnue ſembla corriger tout-à-coup le déſordre
» de mes affections, & les rétablir ſelon la loi

» du devoir & de la nature. L'œil éternel qui » voit tout, disois-je en moi-même, lit mainte» nant au fond de mon cœur; il compare ma » volonté cachée à la réponse de ma bouche. Le » Ciel & la Terre sont témoins de l'engagement » sacré que je prends; ils le seront encore de ma » fidélité à l'observer. »

Julie réfute supérieurement dans cette Lettre les sophismes qui tendent à disculper l'adultère, & presse son Amant, avec instances, de lui permettre d'avouer à son mari sa conduite passée.

Quelque tems après cette Lettre si intéressante, elle lui écrit pour rompre tout commerce avec lui; elle lui permet de lui donner de ses nouvelles par Madame d'Orbe, dans les occasions intéressantes, & lui dit adieu pour toujours : elle lui donne ses derniers conseils; & voici comme elle termine sa Lettre :

« Ici finissent les sermons de la Prêcheuse; elle » aura désormais assez à faire à se prêcher elle» même. Adieu, mon aimable ami, adieu pour » toujours; ainsi l'ordonne l'inflexible devoir. Mais » croyez que le cœur de Julie ne sait point oublier » ce qui lui fut cher... Mon Dieu! que fais-je? » Vous le verrez trop à l'état de ce papier. Ah! » n'est-il pas permis de s'attendrir en disant à son » ami le dernier adieu! »

Saint-Preux, pour chercher un ſoulagement au tourment affreux de n'avoir point épouſé ſa Maîtreſſe, fait un voyage qui dure pluſieurs années. A ſon retour, Wolmar lui ouvre ſa maiſon; &, après l'arrivée de ſon ancien Amant, voici ce que Madame de Wolmar écrit à ce ſujet à Madame d'Orbe, ſa couſine.

« En vérité, ma Couſine, je ne ſais quelles » vaines terreurs m'avoient faſciné l'eſprit ſur ce » voyage, & j'ai honte de m'y être oppoſée avec » tant d'obſtination. Plus je craignois de le revoir, » plus je ſerois fâchée aujourd'hui de ne l'avoir » pas vu; car ſa préſence a détruit des craintes » qui m'inquiétoient encore, & qui pouvoient » devenir légitimes à force de m'occuper de lui. » Loin que l'attachement que je ſens pour lui » m'effraie, je crois que s'il m'étoit moins cher, » je me déſierois plus de moi; *mais je l'aime auſſi* » *tendrement que jamais*, *ſans l'aimer de la même* » *manière*. »

Rouſſeau, dans ſon Roman, s'eſt rendu très-agréable aux belles âmes des deux ſexes, en leur montrant dans la réſerve que s'impoſent Madame de Wolmar & Saint-Preux, habitans ſous le même toit, qu'il eſt très-poſſible qu'un jeune-homme & une jeune femme qui ont été éperdus l'un de l'autre, parviennent, après la précaution d'une abſence de quelques années, à se borner, en se revoyant, aux plaisirs de la confiance & de l'amitié.

L'arrivée de Saint-Preux ne change rien en effet à la conduite de Madame de Wolmar; elle a toujours pour son mari l'estime la plus tendre, pour ses enfans l'affection la plus vigilante, pour le gouvernement de sa maison les soins les plus éclairés, & elle a de plus le bonheur d'avoir auprès d'elle un homme aimable, dont la présence lui est bien moins dangereuse que ne pouvoit l'être son souvenir.

Il me tarde, Monsieur, d'en venir à la dévotion si douce à laquelle Madame de Wolmar s'est dévouée aussi-tôt son mariage; Dieu seul pouvoit remplir dans son âme le vuide immense qu'y laissoit son Amant. Que sa dévotion est éloquente! Que Rousseau fait dire à cette charmante femme de superbes choses en faveur de la Religion! Bourdaloue, Bossuet, Fénélon n'ont rien dit de plus beau ni de plus touchant. Dans ce siècle, où l'âme est desséchée par une orgueilleuse philosophie, Rousseau a consolé les âmes vertueuses, en rendant à la Religion des hommages immortels.

Dans une Lettre que Madame de Wolmar écrit à Saint-Preux, elle lui dit:

« Adorez l'Être éternel, mon digne & sage

» ami ; d'un souffle vous détruirez ces fantômes
» de raison qui n'ont qu'une vaine apparence, &
» fuient comme une ombre devant l'immuable
» vérité. Rien n'existe que par celui qui est. C'est
» lui qui donne un but à la justice, une base à
» la vertu, un prix à cette courte vie employée
» à lui plaire : c'est lui qui ne cesse de crier aux
» coupables que leurs crimes secrets ont été vus,
» & qui fait dire au juste oublié, tes vertus ont
» un témoin ; c'est lui, c'est sa substance inalté-
» rable qui est le vrai modèle des perfections,
» dont nous portons tous une image en nous-
» mêmes. Nos passions ont beau la défigurer, tous
» ses traits, liés à l'essence infinie, se représentent
» toujours à la raison, & lui servent à rétablir
» ce que l'imposture & l'erreur en ont altéré. Ces
» distinctions me semblent faciles, le sens com-
» mun suffit pour les faire. Tout ce qu'on ne peut
» séparer de l'idée de cette essence, est Dieu ;
» tout le reste est l'ouvrage des hommes. C'est à
» la contemplation de ce divin Modèle que l'âme
» s'épure & s'élève, qu'elle apprend à mépriser
» ses inclinations basses, & à surmonter ses vils
» penchans. Un cœur pénétré de sublimes vérités
» se refuse aux petites passions des hommes ; cette
» grandeur infinie le dégoûte de leur orgueil ; le
» charme de la méditation l'arrache aux desirs
» terrestres ; & quand l'Être immense dont il

» s'occupe n'existeroit pas, il seroit encore bon
» qu'il s'en occupât sans cesse pour être plus
» maître de lui-même, plus fort, plus heureux &
» plus sage. »

Cette sublime tirade, Monsieur, vaut les plus beaux vers, & il seroit à souhaiter qu'elle fût gravée sur du marbre dans les Places publiques. Si vous y prenez garde, elle n'est pas seulement estimable par les idées grandes qu'elle nous présente : elle est encore admirable pour le style : on y remarque un choix d'expressions qui produit pour l'oreille sensible une délicieuse harmonie.

Madame de Wolmar, dont les grâces & les vertus faisoient le bonheur de tout ce qui l'entouroit, meurt à la fleur de son âge, & meurt victime de l'amour maternel. Un de ses enfans tombe dans l'eau, elle s'y jette après lui, on la retire mourante ; les remèdes lui procurent encore quelques jours de vie, & durant lesquels elle jouit de toute sa tête : elle exige qu'on l'avertisse s'il est impossible de la guérir ; on le lui fait entendre ; elle remercie du courage que l'on a eu de lui dire la vérité : elle a une sérénité d'âme qui étonne sa famille, ses amis, ses domestiques ; elle converse avec eux : elle donne des ordres comme si elle étoit en santé. Elle écrit à Saint-Preux, qui étoit absent, pour lui faire ses derniers adieux, & lui recommander ses enfans. Wolmat, qui est un incrédule, s'inquiette de ce que sa femme, qui, en santé, avoit tant de dévotion, n'en montre plus au moment de mourir. Il tremble que les discours qu'il a tenus en sa présence ne lui aient fait impression. Quand je parlerai du caractère de Wolmar, je m'étendrai sur cet article, qui n'est pas le moins beau du Roman.

Madame de Wolmar expire dans les bras de Madame d'Orbe, son amie.

LETTRE X.

CARACTÈRE DE SAINT-PREUX.

Ses Amours. Sa conduite décente chez Madame de Wolmar. Violente épreuve où il fut mis en revoyant la solitude de Meillerie. Rousseau s'est peint lui-même dans Saint-Preux.

MONSIEUR,

Les hommages timides, délicats, passionnés que l'homme sensible rend à la beauté, la réserve d'une jeune Amante, ses efforts pour vaincre la passion qu'elle inspire & qu'elle partage, & le triomphe de cette passion sur son cœur, tout ces sentimens tumultueux qui seront éternellement & le supplice & la félicité du genre-humain, ne sont nulle part présentés avec un coloris plus enchanteur que dans le premier Volume de la nouvelle Héloïse. Les Lettres qu'il contient sont toutes des Hymnes où brille une céleste Poésie.

Ne doutez pas, Monsieur, que Rousseau n'ait éprouvé au plus haut degré la passion de l'amour. On n'a jamais rien fait de grand quand on n'a pas senti avec ivresse les grâces de la beauté. Vous le savez, les Lettres Persannes, le Temple de Gnide, ces Ouvrages pleins de feu, pleins de grâces, pleins de délicatesse, sont de la même main qui a tracé pour les Rois des leçons immortelles.

Il y a grande apparence encore que Saint-Preux étoit Rousseau lui-même, qui, sous ce nom emprunté, a développé dans son Roman l'âme de feu qu'il avoit reçue de la nature. Le Philosophe Genevois avoit sans doute éprouvé dans sa jeunesse une violente passion pour une femme charmante que le despotisme d'un père lui avoit enlevée. Delà cette foule d'idées enchanteresses dans les premiers hommages que Saint-Preux rend à Julie ; delà l'impatience du desir qui s'élance du sein de la fièvre dont il est dévoré ; delà cette Hymne délicieuse dans laquelle il célèbre le bonheur suprême dont il va être enivré en attendant sa Maîtresse dans son cabinet de toilette; delà ces nouveaux chants dans lesquels il rend grâces de l'exquise félicité qu'il a obtenue, à l'Auteur de la Nature, à la Nature entière, en qui l'œil de l'Amant heureux apperçoit toujours de nouveaux charmes; delà enfin, ces hurlemens de la fureur, ce desir effréné de sortir de la vie que Saint-Preux fait entendre quand sa Maîtresse épouse M. de Wolmar.

Il n'est permis de toucher au pinceau sacré qui peint l'ivresse de l'amour, que lorsqu'on a soi-même senti l'indomptable délire de cette sublime passion.

Dans le tems de ses amours, Saint-Preux est tendre, délicat, passionné, vertueux, & l'on partage son désespoir quand Julie lui échappe pour faire le bonheur d'un autre. Pour connoître mieux encore combien Saint-Preux est estimable, voyons-le dans la maison de Wolmar.

La Lettre par laquelle Wolmar invite Saint-Preux à venir chez lui, est d'une simplicité qui me ravit, & je ne puis m'empêcher de la transcrire : elle est très-courte.

« Quoique nous ne nous connoissions pas en-
» core, je suis chargé de vous écrire. La plus sage
» & la plus chérie des femmes vient d'ouvrir son
» cœur à son heureux époux. Il vous croit digne
» d'avoir été aimé d'elle, & il vous offre sa mai-
» son. L'innocence & la paix y règnent; vous y
» trouverez l'amitié, l'hospitalité, l'estime, la
» confiance. Consultez votre cœur; & s'il n'y a
» rien là qui vous effraie, venez sans crainte.

» Vous ne partirez point d'ici sans y laisser un
» ami. »

Saint-Preux arrive à Clarens; Wolmar étoit à la promenade avec sa femme. A peine Julie l'apperçoit-elle, qu'à l'instant le voir, s'écrier, courir, s'élancer dans ses bras, ne fut pour elle qu'une même chose. Madame de Wolmar prenant ensuite Saint-Preux par la main, & se retournant vers son mari, lui dit avec une certaine grâce d'innocence & de candeur : quoiqu'il soit mon ancien ami, je ne vous le présente pas, je le reçois de vous, & ce n'est qu'honoré de votre amitié qu'il aura désormais la mienne. Si les nouveaux amis ont moins d'ardeur que les anciens, dit Wolmar en embrassant Saint-Preux, ils seront anciens à leur tour, & ne céderont point aux autres.

Saint-Preux observe du coin de l'œil, & avec une très-grande satisfaction, qu'on détache sa malle, & qu'on remise sa chaise. On avance vers la maison. Les enfans paroissent, & à cette vue Saint-Preux éprouve un désordre affreux dans son âme.
» A cette vue, écrit Saint-Preux, mille mouve-
» mens contraires m'assaillirent à la fois. Mille
» cruels & délicieux souvenirs vintent partager
» mon cœur. O spectacle! ô regrets! Je me sen-
» tois déchiré de douleur & transporté de joie.
» Je voyois, pour ainsi dire, multiplier celle

» qui me fut si chère. Hélas! je voyois [illegible]
» instant la trop vive preuve qu'elle [illegible]
» plus rien. »

Saint-Preux se conduit chez Madame de W[illegible]mar avec la décence & la retenue qui caractérisent l'homme vertueux; une seule fois son ancienne passion se rallume, & les circonstances de cet écart sont trop excusables pour que je ne les rapporte point.

Dans une absence de Wolmar, Julie & Saint-Preux font une partie sur le lac de Genève, & leur promenade les conduit très-près de la solitude de Meillerie, dans laquelle autrefois Saint-Preux s'étoit occupé si tendrement de sa chère Julie. Saint-Preux propose d'y descendre; Julie y consent.

« O Julie, éternel charme de mon cœur, » s'écrie Saint-Preux, voici les lieux où soupira » jadis pour toi le plus fidèle des Amans. Voici » le séjour où ta chère image faisoit son bonheur, » & préparoit celui qu'il reçut enfin de toi-même. » On n'y voyoit alors ni ces fruits ni ces ombra- » ges; la verdure & les fleurs ne tapissoient point » ces compartimens. Le cours de ces ruisseaux » n'en formoit point les divisions; ces oiseaux n'y » faisoient point entendre leurs ramages; le vo- » race épervier, le corbeau funèbre, & l'aigle » terrible des Alpes faisoient seuls retentir de leurs

» cris ces cavernes; d'immenses glaces pendoient » à tous ces rochers; des festons de neige étoient » le seul ornement de ces arbres. Tout respiroit » ici les rigueurs de l'hiver & l'horreur des fri- » mats; les feux seuls de mon cœur me rendoient » ce lieu supportable, & les jours entiers s'y » passoient à penser à toi. Voilà la pierre où je » m'asséyois pour contempler de loin ton heureux » séjour. Sur celle-ci fut écrite la Lettre qui » toucha ton cœur; ces cailloux tranchans me » servoient de burin pour graver ton chiffre: ici » je passai le torrent glacé pour reprendre une de » tes Lettres qu'emportoit un tourbillon; là, je » vins relire & baiser mille fois la dernière que tu » m'écrivis. Voilà le bord où, d'un œil avide & » sombre, je mesurois la profondeur de ces » abysmes. Enfin, ce fut ici qu'avant mon triste » départ, je vins te pleurer mourante, & jurer de ne » te pas survivre. Fille trop constamment aimée, » ô toi pour qui j'étois né! faut-il me retrouver » avec toi dans les mêmes lieux, & regretter le » tems que j'y passois à gémir avec toi de ton » absence!... (1). »

---

(1) La Poésie la plus superbe règne dans tout ce morceau, ainsi que dans mille autres détails de ce magnifique Roman.

Saint-Preux alloit continuer ; mais Julie qui, le voyant approcher du bord, s'étoit effrayée, & lui avoit saisi la main, la serra sans mot dire, en le regardant avec tendresse, & retenant avec peine un soupir ; puis tout-à-coup détournant la vue, & le tirant par le bras : allons-nous en, mon ami, lui dit-elle d'une voix émue, l'air de ce lieu n'est pas bon pour moi.

Julie & Saint-Preux rentrent tous les deux dans la barque, l'un & l'autre dans un trouble extrême, & principalement Saint-Preux. Se trouver auprès d'elle, la voir, la toucher, lui parler, l'aimer, l'adorer, & presqu'en la possédant encore, la sentir perdue à jamais pour lui : voilà ce qui le jetoit dans des accès de fureur & de rage, au point qu'il fut violemment tenté de la précipiter avec lui dans les flots, & d'y finir dans ses bras sa vie & ses longs tourmens.

Cette violente crise dans laquelle tous deux triomphèrent de l'ivresse des sens, fut l'heureuse époque où la passion de Saint-Preux, domptée par d'incroyables efforts, demeura pour toujours soumise aux règles de la décence & de la vertu.

On ne peut donner trop d'éloges aux Romanciers & aux Poëtes qui nous peignent ainsi le triomphe des mœurs sur la séduction des sens. Des hommes d'imagination qui exercent ainsi leurs talens, méritent les respects de l'Univers.

LETTRE XI.

CARACTÈRE DE MADAME D'ORBE.

Elle a une charmante gaieté. L'amitié chez elle l'emporte sur l'amour. Sa douleur, son désespoir à la mort de Madame de Wolmar. Les Œuvres de Rousseau comme celles d'Homère, formeront des Peintres & des Poëtes. Réflexion sur les Médecins.

MONSIEUR,

LA gaieté, la vivacité de Madame d'Orbe, font un agréable contraste avec l'âme tendre & réfléchie de Madame de Wolmar. On remarque ce trait dans la première Lettre de Madame d'Orbe à sa cousine.

« Notre Bonne m'a toujours dit que mon étour- » derie

» derie me tiendroit lieu de raison, que je n'aurois » jamais l'esprit de savoir aimer, & que j'étois trop » folle pour faire un jour des folies. Ma Julie, » prends garde à toi; mieux elle auguroit de ta rai- » son, plus elle craignoit pour ton cœur. »

Julie, dans une Lettre à son Amant, parlant de sa cousine, s'exprime ainsi:

« Sais-tu bien ce qui nous met toutes deux de si » bonne humeur, c'est son prochain mariage. Le » contrat fut passé hier au soir. Si jamais amour fut » gai, c'est assurément le sien; on ne vit de la vie » une fille aussi bouffonnement amoureuse. Ce bon » M. d'Orbe, à qui, de son côté, la tête en » tourne, est enchanté d'un accueil si folâtre. » Moins difficile que tu n'étois autrefois, il se prête » avec plaisir à la plaisanterie, & prend pour un » chef-d'œuvre de l'amour, l'art d'égayer sa » Maîtresse. Pour elle, on a beau la prêcher, » lui représenter la bienséance, lui dire que, si » près du terme, elle doit prendre un maintien » plus sérieux, plus grave, & faire un peu mieux » les honneurs de l'état qu'elle est prête à quitter, » elle traite tout cela de sottes simagrées; elle » soutient en face à M. d'Orbe, que le jour de » la cérémonie elle sera de la meilleure humeur » du monde, & qu'on ne sauroit aller trop gaie- » ment à la noce. »

Dans une autre occaſion, Madame d'Orbe dit à ſon mari qu'elle eſt en amour une eſpèce de monſtre, & lui ſoutient que Julie lui eſt plus chère que lui-même. Ce qu'il y a de très plaiſant, c'eſt qu'elle dit vrai, & que le mari n'en croit rien.

Madame d'Orbe reſte en effet, après ſon mariage comme auparavant, la conſtante amie de ſa couſine; mais ſon mariage ne dure pas long-tems. Après quelques années ſon mari meurt, & Madame d'Orbe eſt rendue totalement à l'amitié. Elle a une fille, & ſa plus douce eſpérance eſt de l'unir un jour au fils aîné de Madame de Wolmar.

Madame d'Orbe, preſſée par ſa couſine, & plus encore par ſa propre inclination, prend la réſolution d'aller demeurer à Clarens : elle y envoie ſa petite Henriette d'avance.

Il faut voir arriver Madame d'Orbe chez Madame de Wolmar. Madame d'Orbe qui avoit mis pied à terre dans l'avenue pour qu'on ne l'entendît point arriver, ouvre bruſquement la porte de la chambre où étoit ſa couſine. Celle-ci avoit la petite Henriette ſur ſes genoux. Madame d'Orbe avoit médité un beau diſcours à ſa manière, mêlé de ſentiment & de gaieté. Mais en mettant le pied ſur le ſeuil de la porte, le diſcours, la gaieté, tout fut oublié; elle vole à ſon amie, en s'écriant avec un emportement impoſſible à peindre : Couſine, toujours, pour toujours, juſqu'à la mort!

Ce terme, qui seul devoit les séparer, annonçoit une longue union à deux femmes qui étoient jeunes; mais un événement fatal, que l'humaine prudence ne peut prévoir, fit descendre au tombeau peu de tems après l'infortunée Madame de Wolmar.

Pour bien connoître la tendre amitié de Madame d'Orbe pour sa cousine, considérons-la durant la maladie & après la mort de Madame de Wolmar.

On dînoit dans la chambre de la malade; le Médecin étoit à table; Madame d'Orbe ne mangeoit point : excessivement inquiette, elle dévoroit de ses regards alternativement & la malade & le Médecin. Celui-ci comprend aisément ce que souhaite Madame d'Orbe; il se lève, va tâter le pouls de la malade, & dit : il n'y a point-là d'ivresse ni de fièvre, le pouls est fort bon. A l'instant, Madame d'Orbe s'écrie en tendant à demi les deux bras : eh bien, Monsieur!... le pouls?... la fièvre?.. La voix lui manquoit; mais ses mains écartées restoient toujours en avant : ses yeux pétilloient d'impatience; il n'y avoit pas un muscle de son visage qui ne fût en action. Le Médecin ne répond rien, reprend le poignet, examine les yeux, la langue, reste un moment pensif, & dit : Madame, je vous entends bien. Il m'est impossible à présent de dire rien de positif; mais si demain matin, à pareille heure, elle est encore dans le même état, je réponds de sa vie. A ce mot, Madame d'Orbe part comme un éclair, renverse deux chaises, & presque la table, saute au cou du Médecin, l'embrasse, le baise mille fois en sanglottant & pleurant à chaudes larmes, &, toujours avec la même impétuosité, s'ôte du doigt une bague de prix, la met au sien malgré lui, & lui dit hors d'haleine : Ah ! Monsieur, si vous nous la rendez, vous ne la sauverez pas seule !

Que ce morceau est touchant, Monsieur ! Qu'il est pathétique ! Quel beau sujet pour exercer le pinceau d'un Peintre ! Rousseau est comme Homère ; ses Ouvrages sont une sublime école pour les Peintres, comme pour les Poëtes.

Je ne puis m'empêcher d'observer, en passant, qu'un Médecin est un Dieu, quand une tête adorée est sous le glaive de la mort. Il est comme Jupiter, le mouvement de ses yeux détermine l'existence de tout ce qui l'entoure ; d'un regard, il courbe vers la terre les visages consternés ; d'un regard, il élève vers le Ciel les visages parés des roses de l'espérance.

Considérons actuellement Madame d'Orbe après la mort de sa cousine. Cette femme au désespoir refuse de prendre des alimens. Pour la déterminer à manger, voici ce que Wolmar imagine.

La petite Henriette sa fille ressembloit beaucoup

à Madame de Wolmar. On habille Henriette le plus à son imitation qu'il est possible ; & après l'avoir bien instruite, on lui fait occuper à table la place où se mettoit toujours Madame de Wolmar.

Madame d'Orbe, au premier coup-d'œil, comprend l'intention; elle en est touchée, & jette sur Wolmar un regard tendre & obligeant.

Henriette, fière de représenter Madame de Wolmar, joue parfaitement son rôle, & si parfaitement, qu'elle fait pleurer les Domestiques. Cependant elle donne toujours à sa mère le nom de maman, & lui parle avec le respect convenable. Mais enhardie par le succès, elle s'avise de porter la main sur une cuillier, & de dire dans une saillie : Claire, veux-tu de cela? Le geste & le ton de voix sont imités au point que la mère en tressaille. Un moment après, Madame d'Orbe part d'un grand éclat de rire, tend son assiette, en disant : oui, mon enfant, donne; tu es charmante.

Que cet éclat de rire, Monsieur, est admirable! C'est dans Rousseau un trait de génie. Que son œil perçant connoissoit bien la Nature! Malgré le désespoir frénétique auquel elle étoit livrée, malgré les douleurs profondes dont elle étoit déchirée, il n'étoit pas dans la puissance de Madame d'Orbe, née avec un caractère d'une extrême gaieté, de refuser un éclat de rire aux bouffonneries de sa petite-fille.

Je connois particulièrement un homme qui n'est pas heureux à beaucoup près, & il a une gaieté naturelle tellement excessive, que dans des circonstances très-lugubres où bien des gens verseroient des larmes, il lui arrive quelquefois de faire de grands éclats de rire sur des idées bouffonnes qui lui passent par la tête.

LETTRE XII.

CARACTÈRE DE WOLMAR.

Est un incrédule. Réflexions de sa femme à ce sujet. Franchise de Wolmar avec sa femme & Saint-Preux. Mot excellent de Wolmar. Il donne à Saint-Preux des conseils qui le mettent à l'aise dans leur Société. Il fait sur leurs sentimens actuels les observations les plus fines & les plus vraies. Éloge des Russes. Wolmar s'inquiette de ce que sa femme mourante ne parle point de Religion.

MONSIEUR,

WOLMAR est un Athée; & comme le Poëme de la nouvelle Héloïse est inspiré par le Génie de la vertu, on nous donne vers la fin du Poëme l'agréable espérance de la conversion de Wolmar.

Écoutons la dévote & judicieuſe Madame de Wolmar parler de l'incrédulité de ſon mari. Dans une Lettre qu'elle écrit à Saint-Preux, elle dit :

« L'orgueil ne le guide point. Il ne veut égarer
» perſonne ; il eſt bien aiſe qu'on ne penſe pas
» comme lui. Il aime nos ſentimens, il voudroit
» les avoir. Notre eſpoir, nos conſolations, tout lui
» échappe, & il fait le bien pour lui-même, ſans
» attendre de récompenſe.

» Qu'un coupable appaiſe ſa conſcience aux dé-
» pens de la raiſon ; que l'honneur de penſer
» autrement que le vulgaire anime celui qui dogma-
» tiſe, cette erreur au moins ſe conçoit ; mais
» pour un ſi honnête-homme & ſi peu vain de ſon
» ſavoir, c'étoit bien la peine d'être incrédule. »

Cauſant avec ſa femme & Saint-Preux, Wolmar s'excuſe ſur ce qu'il l'a épouſée, quoiqu'il sût qu'elle appartenoit à un autre par une inclination de pluſieurs années.

« Cette conduite, dit-il à ſa femme, étoit
» inexcuſable ; j'offenſois la délicateſſe, je péchois
» contre la prudence, j'expoſois votre honneur &
» le mien ; je devois craindre de nous précipiter
» tous deux dans des malheurs ſans reſſource :
» mais je vous aimois, & n'aimois que vous ; tout
» le reſte m'étoit indifférent. Comment réprimer
» même la paſſion la plus foible, quand elle eſt
» ſans contre-poids ? Voilà l'inconvénient des

» caractères froids & tranquilles. Tout va bien » tant que leur froideur les garantit des tentations; » mais s'il en survient une qui les atteigne, ils » sont aussi-tôt vaincus qu'attaqués; & la raison » qui gouverne tandis qu'elle est seule, n'a jamais » de force pour résister au moindre effort. Il n'y a » que les âmes de feu qui sachent combattre & » vaincre : tous les grands efforts, toutes les actions » sublimes sont leur ouvrage. »

Cette conversation se tient dans le même bosquet où Saint-Preux avoit autrefois reçu le premier baiser de sa Maîtresse. En quittant le banc où ils étoient assis, Wolmar embrasse sa femme & Saint-Preux, & il veut qu'ils s'embrassent.

Quand ils sont sortis du bosquet, Wolmar, en le montrant, rit, & dit à sa femme : « Julie, ne » craignez plus cet asyle, il vient d'être profané. » Mot fin, mot excellent qui annonce que Rousseau avoit vécu dans la meilleure compagnie. De pareils traits n'échappent jamais à des Ecrivains qui ne se sont formés que dans des Livres.

Saint-Preux, le jour de son arrivée à Clarens, est seul un moment auprès de Madame de Wolmar, & se trouve fort embarrassé. Le mari survient, & prenant la main de sa femme & celle de Saint-Preux, il dit : « Notre amitié commence, en voici » le cher lien; qu'elle soit indissoluble. Embrassez » votre sœur & votre amie; traitez-la toujours

» comme telle : plus vous ferez familier avec elle, » mieux je penserai de vous. Mais vivez dans le » tête-à-tête comme si j'étois présent, ou devant » moi comme si je n'y étois pas. Voilà tout ce » que je vous demande. Si vous préférez le dernier » parti, vous le pouvez sans inquiétude ; car, » comme je me réserve le droit de vous avertir de » tout ce qui me déplaira, tant que je ne dirai rien, » vous serez sûr de ne m'avoir point déplu. »

Parlant à sa femme de leur nouvel Hôte, Wolmar dit : « Son caractère me plaît, & je l'estime » sur-tout par un côté dont il ne se doute guères ; » savoir, la froideur qu'il a vis-à-vis de moi. » Moins il me témoigne d'amitié, plus il m'en » inspire. Je ne saurois vous dire combien je » craignois d'en être caressé. »

Wolmar écrivant à Madame d'Orbe, parle ainsi de Saint-Preux & de sa femme.

« De vous dire que mes jeunes-gens sont plus » amoureux que jamais, ce n'est pas sans doute » une merveille à vous apprendre ; de vous assurer » au contraire qu'ils sont parfaitement guéris, » vous savez ce que peuvent la raison, la vertu ; » ce n'est pas là non plus leur plus grand miracle : » mais que ces deux opposés soient vrais en même- » tems, qu'ils brûlent plus ardemment que jamais » l'un pour l'autre, & qu'il ne règne plus entre » eux qu'un honnête attachement ; qu'ils soient

» toujours Amans, & qu'ils ne soient plus qu'amis, » c'est, je pense, à quoi vous vous attendez moins, » ce que vous aurez plus de peine à comprendre, » & ce qui est pourtant selon l'exacte vérité.

» Ce n'est pas de Julie de Wolmar que Saint-» Preux est amoureux, c'est de Julie d'Etange: » il ne me hait point comme le possesseur de la » personne qu'il aime, mais comme le ravisseur » de celle qu'il a aimée. La femme d'un autre » n'est point sa Maîtresse; la mère de deux enfans » n'est plus son ancienne Ecolière. Il est vrai qu'elle » lui ressemble beaucoup, & qu'elle lui en rap-» pelle souvent le souvenir. *Il l'aime dans le tems* » *passé*: voilà le vrai mot de l'énigme. *Otez-lui la* » *memoire, il n'aura plus d'amour.* »

Beaucoup de gens croyant voir trop de subtilité dans ces observations, les jugeront vraies difficilement. Quant à moi, elles m'ont frappé autant par leur certitude que par leur sagacité.

Voici encore un trait qui me paroît remarquable. Wolmar, partant pour un voyage, dit à Saint-Preux: « Lequel aimez-vous mieux de rester avec » ma femme ou de venir avec moi? Rester, répond » Saint-Preux. » *Homme vrai*, dit Wolmar, je suis content de ce mot-là. »

Je ne crois pas, Monsieur, qu'il soit possible d'imaginer un homme plus droit, plus aimable, plus spirituel que Wolmar, qui est un Gentilhomme Russe. Les Russes que nous voyons à Paris, nous apprennent que Rousseau connoissoit bien leur Nation, quand il a orné d'autant de mérite un de leurs Compatriotes. Entrés plus tard que nous dans la carrière des Sciences & des Arts, ils nous devanceront si l'activité de l'émulation ne nous conserve la supériorité que le tems nous a donnée (1).

Mais revenons à Wolmar. Cet homme vrai me charme, quand il raconte avec franchise le trouble qu'il a éprouvé, lorsque sa femme, qui étoit si dévote, ne parle plus de Religion au moment de mourir. Qu'un incrédule au lit de la mort continue son personnage d'intrépidité, cela se conçoit. A quel excès d'extravagance ne conduit pas la bêtise de la vanité? Mais voir une jeune

---

(1) J'ai eu l'honneur de connoître à Amsterdam, en 1772, un Prince Gallitzin, qui alors pouvoit avoir vingt-quatre ans. J'ai passé avec lui trois jours chez l'Aubergiste Thibaut. Ses connoissances dans les Arts, la netteté & le goût avec lesquels il les apprécioit, me causoient la plus juste admiration, & j'étois jaloux de la supériorité avec laquelle il parloit notre Langue. Ce Prince & son Gouverneur me resteront éternellement dans la mémoire.

femme adorée, fous le glaive de la mort, & trembler que les difcours qu'on a tenus en fa préfence ne la plongent dans un horrible malheur, & un malheur irréparable, ce fupplice eft affreux; il vaudroit mille fois mieux être foi-même dans le danger qu'on redoute pour elle.

En donnant ces inquiétudes vertueufes à Wolmar, Rouffeau rend un très-grand fervice à la multitude. Il eft bon de l'avertir que les incrédules fi vains de leurs opinions, n'y tiennent prefque jamais avec une confiance inébranlable.

LETTRE XIII.

CARACTÈRE DE MILORD ÉDOUART.

A la tête un peu exaltée. Son démêlé avec Saint-Preux à l'occasion de Julie. Excuses qu'il va lui faire chez lui. Ses offres généreuses à Julie. Sa Lettre contre le Suicide. Réflexion sur ses amours en Italie.

MONSIEUR,

ROUSSEAU voulant intéresser à son Roman les principales Nations du Monde littéraire, a mis un Russe & un Anglois au nombre de ses personnages.

Wolmar est froid; Édouart a la tête un peu exaltée; cela met dans le Poëme une variété très-agréable.

Le démêlé d'Edouart avec Saint-Preux, à l'occasion de Julie, donne lieu à une scène sublime.

Ils veulent se battre. Julie qui a la sécurité des belles âmes, écrit à Milord, sans croire se compromettre. Le vertueux Edouart qui se connoît en procédés, est transporté de la confiance que lui marque cette charmante Demoiselle. Dès-lors il prend une nouvelle résolution ; il prie M. d'Orbe de venir le lendemain chez lui avec deux amis. Le bon M. d'Orbe, qui ne comprend rien au projet, écrit à Julie : *Si vous trouvez à propos que j'aille au rendez-vous avec mon cortège, je le composerai de gens dont je sois sûr à tout événement.*

Edouart qui a fait ses preuves de valeur en plusieurs occasions, va le lendemain chez Saint-Preux avec les témoins qu'il desiroit. Celui-ci est étonné de voir arriver chez lui Edouart avec des hommes à sa suite : l'Anglois prie qu'on le laisse agir & parler sans l'interrompre ; Saint-Preux le promet ; mais confondu de voir Edouart se mettre à ses genoux, il veut le relever. Edouart rappelle la promesse & parle ainsi : « Je viens, Monsieur, rétracter hautement les discours injurieux que l'ivresse m'a fait tenir en votre présence : leur injustice les rend plus offensans pour moi que pour vous, & je m'en dois l'authentique désaveu. Je me soumets à toute la punition que vous voudrez m'imposer, & je ne croirai mon honneur rétabli que quand ma faute sera réparée. A quelque prix que ce soit, accordez-moi le pardon que je

» demande, & me rendez votre amitié. » Milord, répond Saint-Preux, je reconnois maintenant votre âme grande & généreuse, & je sais bien distinguer en vous les discours que le cœur dicte, de ceux que vous tenez quand vous n'êtes pas à vous-même; qu'ils soient à jamais oubliés. A l'instant Edouart & Saint Preux s'embrassent. Milord ensuite se tournant vers les Spectateurs, leur dit : « Messieurs, je
» vous remercie de votre complaisance. De braves
» gens comme vous, *ajoute-t-il d'un air fier & d'un*
» *ton animé*, sentent que celui qui répare ainsi ses
» torts, n'en fait endurer de personne. Vous pouvez
» publier ce que vous avez vu. »

Cette scène est si belle, Monsieur, & l'exemple qu'elle donne peut être d'une utilité si étendue, que j'ai cru devoir la rapporter en entier.

On reconnoît la générosité Angloise aux offres qu'Edouart fait à Julie d'une terre qu'il a dans le Duché d'Yorck. Il la presse d'épouser Saint-Preux, & de passer en Angleterre pour y aller habiter cette Terre dont il est prêt à lui assurer la propriété. Vous observerez que le vertueux Edouart ne fait à Julie cette proposition qu'après avoir fait l'impossible pour obtenir de son père qu'elle épousât son Amant.

La Lettre qu'Edouart écrit à Saint-Preux contre le Suicide, est digne des plus grands éloges : en voici quelques traits.

« Toi

« Toi qui crois Dieu existant, l'âme immortelle
» & la liberté de l'homme, tu ne penses pas sans
» doute qu'un Être intelligent reçoive un corps, &
» soit placé sur la terre au hasard, seulement pour
» vivre, souffrir & mourir ? Il y a bien peut-être à
» la vie humaine un but, une fin, un objet moral.

» Tu penses qu'il t'est permis de cesser de vivre;
» je voudrois bien savoir si tu as commencé? Quoi!
» fus-tu placé sur la terre pour n'y rien faire? Le
» Ciel ne t'imposa-t-il point avec la vie une tâche
» pour la remplir ? Si tu as fait ta journée avant le
» soir, repose-toi le reste du jour, tu le peux;
» mais voyons ton Ouvrage. Quelle réponse tiens-
» tu prête au Juge-Suprême qui te demandera
» compte de ton tems? Parle, que lui diras-tu? J'ai
» séduit une fille honnête, j'abandonne un ami
» dans ses chagrins, &c.

» Écoute-moi, jeune insensé, tu m'es cher; j'ai
» pitié de tes erreurs. S'il te reste au fond du cœur
» le moindre sentiment de vertu, viens, que je
» t'apprenne à aimer la vie. Chaque fois que tu
» seras tenté d'en sortir, dis en toi-même : *Que je*
» *fasse encore une bonne action avant que de mourir.*
» Puis vas chercher quelque indigent à secourir,
» quelque infortuné à consoler, quelque opprimé
» à défendre. Rapproche de moi les malheureux
» que mon abord intimide : ne crains d'abuser ni
» de ma bourse ni de mon crédit; prends, épuise

» mes biens, fais-moi riche. Si cette considération » te retient aujourd'hui, elle te retiendra encore » demain, après-demain, toute ta vie. Si elle ne te » retient pas, meurs; tu n'es qu'un méchant. »

On reproche à Rousseau de n'avoir pas raconté assez nettement les amours d'Édouard en Italie; moi je lui fais bon gré d'avoir peu détourné nos regards de son admirable Julie : l'unité d'intérêt est le mérite premier des Ouvrages de l'imagination, & on ne s'écarte de cette précieuse unité que par la stérilité du génie. Lorsqu'on manque d'idées, on entasse incidens sur incidens pour occuper le Lecteur; & Rousseau étoit trop fécond, trop abondant pour avoir besoin de cette misérable ressource.

Quand on est introduit dans une Société, on est bien aise de connoître l'histoire des principaux personnages qui s'y montrent; mais les personnes qui n'y tiennent pas le premier rang n'excitent pas le même intérêt. Ce qu'on éprouve à l'égard de la Société qu'on fréquente, me paroît devoir aussi régler notre curiosité dans la lecture d'un Poëme ou d'un Roman.

Je finis, Monsieur, mes observations sur la nouvelle Héloïse, en vous priant de remarquer qu'on n'y voit pas une seule action qui soit mauvaise, & que ce Poëme est sans contredit l'une des leçons de vertu les plus éloquentes qui aient jamais été données à l'Univers.

LETTRE XIV.

ÉMILE, TOME PREMIER.

On médite beaucoup plus ses lectures dans les Provinces qu'à Paris. L'enfance doit les heureux jours dont elle jouit actuellement, à l'Auteur d'Émile. La première éducation doit être purement négative ; la seconde doit exercer le jugement des enfans, & non la mémoire.

MONSIEUR,

J'ÉTOIS à Paris pour quelques jours quand Émile a paru. J'ai couru l'acheter. Comme je sortois de chez le Libraire, j'ai rencontré un ami qui alloit chez un homme de Lettres, & qui m'y a conduit. L'homme de Lettres qui voit l'Émile dont je portois un volume sous le bras, me propose de lui laisser les quatre volumes pour quelques jours ; je lui obferve que je parts inceffamment, & que je ne peux les lui prêter que pour deux jours au plus. Eh! bien, dit-il, faites-moi toujours le plaifir de me confier les quatre volumes, & je vous les remettrai avant votre départ.

Au jour & à l'heure que j'avois annoncés, je retourne chez l'homme de Lettres pour reprendre mes Livres : je le trouve; il me les remet, & me dit : « J'ai tout lu. —— Comment, Monfieur, » vous avez tout lu? —— Oui, Monfieur, j'ai tout » lu; je fais tout ce que le Livre renferme; il y a » des chofes qui ne font point mal; il y a même » quelques idées qui font neuves; mais c'eft un » Livre mal fait. Rouffeau eft un bavard; il a une » tête exaltée qui l'engage dans d'éternelles digref- » fions. Il affomme le Public de quatre gros volu- » mes, & en deux petits volumes, & même en un » feul il pouvoit publier tout ce qu'il y a de réelle- » ment utile pour l'éducation dans fon Ouvrage, » —— Mais, Monfieur, penfez-vous que des vé- » rités féchement ou géométriquement préfentées, » ce qui eft la même chofe, puiffent faire une » grande impreffion; & ne croyez-vous pas au » contraire que les charmans écarts d'une fédui- » fante éloquence ne foient très-propres à accréditer » les vérités utiles au genre-humain? —— Il paroît » que vous avez vous-même une tête exaltée; vous » ne manquerez pas de trouver l'Émile très-beau.

» Je doute qu'il ait un grand succès dans Paris ; » mais en Province il pourra avoir une grande » vogue. —— Sans vous en appercevoir, Monsieur, » ne feriez-vous pas l'éloge du Livre ? —— Oh, » oh, vous jouez aux Epigrammes ; mais je n'ai pas » le tems de faire des Epigrammes ; j'ai un Impri- » meur qui travaille pour moi, & qui me tour- » mente pour que je lui envoie de nouvelles » feuilles. —— Est-ce que vous imprimez ? » —— Vous ne savez donc rien ? —— Pardon, » Monsieur, je demeure en Province, & .... »

Je n'ai pas osé achever la phrase ; l'homme de Lettres m'a lancé un regard si dédaigneux, qu'il m'a fermé la bouche. J'ai cru un instant l'avoir mortifié, & ma sensibilité me le reprochoit ; mais heureusement je ne lui ai inspiré que de la compassion. Quoi qu'il en soit, voyant que j'avois déplu, j'ai repris mon Émile, j'ai pris congé, & j'ai délogé bien vîte.

J'arrive dans ma Province ; je m'occupe de cet excellent Livre pendant un mois, & ensuite je le porte à un Chevalier de S. Louis de mes amis (1), qui demeure à la campagne. Jamais Livre n'a été

(1) M. Danye, ancien Capitaine du Régiment de la Terre, Infanterie, qui demeure à Presles-l'Évêque, à une lieue de la ville de Laon.

reçu avec plus de vénération qu'Émile l'a été par cet Officier, qui eſt homme du plus rare mérite. M. Danye, c'eſt ſon nom, a mis trois mois pour lire Émile. Comme vous voyez, Monſieur, il ſe hâtoit lentement. Quand il avoit lu quelques pages, il fermoit le Livre, & faiſoit un tour dans ſon jardin. Lorſque j'arrivois chez lui, il commençoit toujours par m'en dire de longues tirades de mémoire; ſi je l'euſſe interrompu, il ſe feroit mis en fureur, & je le voyois tout auſſi ſuperbe des morceaux qu'il me récitoit, que s'il en eût été l'Auteur. Quelquefois mécontent de ſa mémoire, il recouroit au Livre. Il me ſemble que je le vois encore avec ſes trois lunettes l'une ſur l'autre (1), ouvrant le Livre avec reſpect, & ſe reprochant amèrement d'être indigne de le lire, puiſqu'il n'en retenoit pas les beautés.

Par les deux tableaux que je viens de vous offrir, Monſieur, vous voyez qu'il y a une très-grande différence entre la manière dont on lit en Province & celle dont on lit à Paris.

Examinons actuellement les principes du Livre

---

(1) Si M. Danye a la vue du corps très-foible, il a la vue de l'âme très-perçante; il eſt un de ces hommes rares dont les talens pouvoient intéreſſer la poſtérité, & dont la poſtérité ne ſaura point l'exiſtence.

d'Émile. Vous ne douterez pas que je n'aye fait de cet Ouvrage un très-bel éloge, si j'expose en peu de mots les services nombreux que ses préceptes rendent à l'humanité.

Ceux même qui ne sont pas les partisans de Rousseau, sont forcés de convenir que l'enfance lui doit le bonheur dont elle jouit actuellement ; & que l'aimable liberté dans laquelle elle passe les agréables jours de son âge, fera éternellement regarder l'Auteur d'Emile comme l'un des Bienfaiteurs du genre-humain.

Je suis persuadé que cet admirable changement dans l'éducation, ne fait pas seulement le bien présent de l'homme dans l'enfance, mais qu'il prépare encore son bonheur pour l'avenir. Les contraintes de toute espèce avec lesquelles on tourmentoit l'enfance autrefois, devoient aigrir bien des caractères. Je ne serois pas éloigné de croire que les interprétations désobligeantes, les impatiences déraisonnables par lesquelles beaucoup d'hommes désolent leur Société, prennent leur source dans les contrariétés qu'ils ont éprouvées dans le premier âge.

La première éducation doit être purement négative. Elle consiste, non point à enseigner la vertu ni la vérité, mais à garantir le cœur du vice & l'esprit de l'erreur. Si on pouvoit ne rien faire & ne rien laisser faire; si on pouvoit amener un enfant sain & robuste à l'âge de douze ans, sans qu'il sût distinguer sa main droite de sa main gauche; dès les premières leçons les yeux de son entendement s'ouvriroient à la raison; sans préjugés, sans habitude, il n'auroit rien en lui qui pût contrarier l'effet des soins qu'on prendroit pour l'instruire. Bientôt il deviendroit le plus sage des hommes; & en commençant par ne rien faire, on auroit fait un prodige d'éducation.

Pour dégoûter de la manie de fatiguer l'enfance par des leçons prématurées, Rousseau raconte une histoire fort plaisante. Il étoit à la campagne chez une mère qui avoit un fils dont elle étoit idolâtre, & c'étoit faire sa cour à la mère que de fournir au fils des occasions de déployer à table sa petite érudition. On fit raconter à l'enfant le trait connu du Médecin Philippe. Après l'ordinaire tribut d'éloges qu'exigeoit la mère, & qu'attendoit le fils, on raisonna sur ce qu'il avoit dit. Le plus grand nombre blâma la témérité d'Alexandre. Quelques-uns admiroient sa fermeté, son courage. Pour moi, dit Rousseau, il me paroît que s'il y a le moindre courage, la moindre fermeté dans l'action d'Alexandre, elle n'est qu'une extravagance. Alors tout le monde se réunit, & convint que c'étoit une extravagance. Rousseau alloit répondre & s'échauffer, quand une femme qui étoit à côté de lui, & qui n'avoit pas ouvert la bouche, se pencha vers son oreille, & lui dit tout bas : *Tais-toi, Jean-Jacques ; ils ne t'entendront pas* (1).

Après le dîner, soupçonnant sur plusieurs indices que le jeune Docteur n'avoit rien compris du tout à l'histoire qu'il avoit si bien racontée, Rousseau le prit par la main, & fit avec lui un tour de Parc; & l'ayant questionné tout à son aise, il trouva que l'enfant admiroit plus que personne le courage si vanté d'Alexandre. Mais où l'enfant voyoit-il ce courage? Uniquement dans celui d'avaler d'un seul trait un breuvage de mauvais goût. Ni lui ni les autres n'appercevoient point que ce qu'il falloit admirer dans l'action d'Alexandre, c'est qu'Alexandre croyoit à la vertu, c'est qu'il y croyoit sur sa tête, sur sa propre vie; c'est que sa grande âme étoit faite pour y croire.

L'Auteur d'Emile analyse ensuite une Fable de la Fontaine; & il démontre que les enfans ne comprennent pas plus les Fables que les traits d'Histoire qu'on leur fait apprendre.

On se fait une grande affaire de chercher les

---

(1) La première fois que j'ai lu le mot : *Tais-toi, Jean-Jacques*, j'ai tressailli d'admiration ; le mot m'a paru sublime. Si la femme qui l'a dit existoit encore, & qu'elle me le permît, j'irois me prosterner à ses pieds.

meilleures méthodes d'apprendre à lire. On invente des Bureaux, des Cartes; on fait de la chambre d'un enfant un Attelier d'Imprimerie. Locke veut qu'il apprenne à lire avec des dez. Ne voilà-t-il pas une invention bien trouvée? Quelle pitié! Un moyen plus sûr que tous ceux-là, & celui qu'on oublie toujours, est le desir d'apprendre. Donnez à l'enfant ce desir, puis laissez-là vos Bureaux & vos dez; toute méthode lui sera bonne.

Parlerai-je à présent de l'écriture, dit Rousseau? Non, *j'ai honte de m'amuser à ces niaiseries dans un Traité de l'Éducation* (1).

Les premiers mouvemens naturels de l'homme, étant de se mesurer avec tout ce qui l'environne, & d'éprouver dans chaque objet qu'il apperçoit, toutes les qualités sensibles qui peuvent se rapporter à lui, sa première étude est une sorte de physique expérimentale, relative à sa propre conservation, & dont on le détourne par des études spéculatives avant qu'il ait reconnu sa place ici-bas. Tandis que ses organes délicats & flexibles peuvent s'ajuster aux corps sur lesquels ils doivent agir; tandis que ses sens encore purs sont exempts d'illusions, c'est

(1) Voilà de ces traits auxquels on ne s'attend pas, & qui donnent un plaisir convulsif. Quand on a lu cela, il faut fermer le Livre, & faire deux sauts dans sa chambre.

le tems d'exercer les uns & les autres aux fonctions qui leur sont propres; c'est le tems d'apprendre à connoître les rapports sensibles que les choses ont avec nous. Comme tout ce qui entre dans l'entendement humain y vient par les sens, la première raison de l'homme est une raison sensitive; c'est elle qui sert de base à la raison intellectuelle. Nos premiers Maîtres de Philosophie sont *nos* pieds, nos mains, nos yeux. Substituer des Livres à tout cela, ce n'est pas nous apprendre à raisonner, c'est nous apprendre à nous servir de la raison d'autrui, c'est nous apprendre à beaucoup croire, & à ne jamais rien savoir.

Exercer les sens n'est pas seulement en faire usage, c'est apprendre à bien juger par eux, c'est apprendre, pour ainsi dire, à sentir; car nous ne savons ni toucher, ni voir, ni entendre que comme nous avons appris.

Il y a un exercice purement naturel & méchanique, qui sert à rendre le corps robuste, sans donner aucune prise au jugement : nager, courir, sauter, fouetter un sabot, lancer des pierres, tout cela est fort bien; mais n'avons-nous que des bras & des jambes? N'avons-nous pas aussi des yeux, des oreilles? Et ces organes sont-ils superflus à l'usage des premiers? N'exercez donc pas seulement les forces, exercez tous les sens qui les dirigent, tirez de chacun d'eux tout le parti possible, puis vérifiez l'impression de l'un par l'autre. Mesurez, comptez, pesez, comparez. N'employez la force qu'après avoir estimé la résistance. Faites toujours ensorte que l'estimation de l'effet précède l'usage des moyens. Intéressez l'enfant à ne jamais faire d'efforts insuffisans ou superflus. Si vous l'accoutumez à prévoir ainsi l'effet de tous ses mouvemens, & à redresser ses erreurs par l'expérience, n'est-il pas clair que plus il agira, plus il deviendra judicieux.

Sur le talent précieux de tirer parti de tous nos sens, le Philosophe Genevois entre dans un détail très-intéressant, & qui est neuf. Ses leçons, à cet égard, tendent à enrichir son Élève de tous les avantages que le Sauvage a sur l'homme civil, comme la force du corps, l'agilité à la course, une adresse surprenante dans tous les exercices, l'estimation des distances, le jugement par lequel on rectifie dans les ténèbres les méprises de la vue, &c.

Rousseau voudroit que son Élève apprît le dessin, non précisément pour l'Art même, mais pour se rendre l'œil juste & la main flexible ; &, en général, il importe fort peu qu'un enfant sache tel ou tel exercice, pourvu qu'il acquière la perspicacité du sens, & la bonne habitude du corps qu'on gagne par cet exercice. Il faut donc bien se garder de lui donner un Maître à dessiner, qui ne lui donneroit à imiter que des imitations, & ne le feroit deſſiner que ſur des deſſins : il faut qu'il n'ait d'autre Maître que la nature, ni d'autre modèle que les objets. Il faut qu'il ait ſous les yeux l'original même, & non pas le papier qui le repréſente ; qu'il crayonne une maiſon ſur une maiſon, un arbre ſur un arbre, un homme ſur un homme, afin qu'il s'accoutume à bien obſerver les corps & leurs apparences, & non pas à prendre des imitations fauſſes & conventionnelles pour de véritables imitations.

Pour préſenter nettement ce qui doit réſulter de pareilles inſtructions, pour nous donner une idée d'un enfant intelligent qui les a miſes à profit, l'Auteur d'Émile finit ſon premier Volume par l'Anecdote ſuivante :

Un Seigneur Anglois, après trois ans d'abſence, voulut examiner les progrès de ſon fils, âgé de neuf à dix ans. Il va un ſoir ſe promener avec lui & ſon Gouverneur, dans une plaine, où des Ecoliers s'amuſoient à guider des cerf-volans. Le père, en paſſant, dit à ſon fils, *où eſt le cerf-volant dont voilà l'ombre?* Sans héſiter, ſans lever la tête, l'enfant dit : *ſur le grand-chemin.* Et en effet le grand-chemin étoit entre le Soleil & eux. Le père à ce mot embraſſe ſon fils ; & finiſſant-là ſon examen, s'en va ſans rien dire. Le lendemain il envoya au Gouverneur l'acte d'une penſion viagère, outre ſes appointemens.

LETTRE XV.

ÉMILE, TOME SECOND.

Le moment est venu de commencer une instruction plus suivie. Choix à faire dans les choses à enseigner. Il faut mettre beaucoup de simplicité dans le précepte. Que l'enfant ne fasse rien dont il ne sente l'utilité. Ne lui donnez aucune espèce de Rivaux. Enseignez-lui un Métier méchanique. Veillez soigneusement sur lui quand ses sens commencent à s'enflammer. Donnez-lui alors des notions morales. Faites-lui lire l'Histoire.

MONSIEUR,

QUOIQUE, jusqu'à l'adolescence, tout le cours de la vie soit un tems de foiblesse, il est un point dans la durée de ce premier âge, où le progrès des forces ayant passé celui des besoins, l'animal croissant devient fort par relation. Ses besoins n'étant pas tous développés, ses forces actuelles sont plus que suffisantes pour pourvoir à ceux qu'il a. Comme homme, il seroit très-foible; comme enfant, il est très-fort.

Que fera-t-il donc de cet excédent de facultés & de forces qu'il a de trop à présent, & qui lui manquera dans un autre âge? Il tâchera de l'employer à des soins qui puissent lui profiter au besoin : il jettera, pour ainsi dire, dans l'avenir le superflu de son être actuel. L'enfant robuste fera des provisions pour l'homme foible; mais il n'établira ses magasins, ni dans des coffres qu'on peut lui voler, ni dans des granges qui lui sont étrangères. Pour s'approprier véritablement son acquis, c'est dans ses bras, dans sa tête, c'est dans lui qu'il le logera. Voici donc le tems des travaux, des instructions, des études, &c.

Des connoissances qui sont à notre portée, les unes sont fausses, les autres sont inutiles, les autres servent à nourrir l'orgueil de celui qui les a. Le petit nombre de celles qui contribuent réellement à notre bien-être, est seul digne des recherches d'un homme sage, & par conséquent d'un enfant qu'on veut rendre tel. Il ne s'agit pas de savoir ce qui est, mais seulement ce qui est utile.

Ses deux premiers points de Géographie feront la Ville où il demeure, & la maison de campagne de son père ; ensuite les lieux intermédiaires, ensuite les rivières du voisinage, enfin l'aspect du Soleil & la manière de s'orienter. C'est ici le point de réunion. Qu'il fasse lui-même la Carte de tout cela ; Carte très simple, & d'abord formée de deux seuls objets auxquels il ajoute peu-à-peu les autres à mesure qu'il sait ou qu'il estime leur distance ou leur position.

Ce qu'il faut se proposer dans l'éducation, n'est point d'enseigner beaucoup de choses à un enfant, mais de ne laisser jamais entrer dans son cerveau que des idées justes & claires. La raison, le jugement viennent lentement ; les préjugés accourent en foule, c'est d'eux qu'il faut le préserver.

Dans la recherche des lois de la nature, commencez toujours par les phénomènes les plus communs & les plus sensibles, & accoutumez votre Élève à ne pas prendre ces phénomènes pour des raisons, mais pour des faits. Je prends une pierre, dit Rousseau, je feins de la poser en l'air ; j'ouvre la main, la pierre tombe. Je vois Emile attentif à ce que je fais, & je lui demande : pourquoi cette pierre est-elle tombée ?

Quel enfant restera court à cette question ? Aucun, pas même Emile, si je n'ai pris grand soin de le préparer à n'y savoir pas répondre.

Que

Que l'enfant ne fasse rien sur parole ; rien n'est bien pour lui que ce qu'il sent être tel. En le jetant toujours en avant de ses lumières, vous croyez user de prévoyance, & vous en manquez. Pour l'armer de quelques vains instrumens dont il ne fera peut-être jamais d'usage, vous lui ôtez l'instrument le plus universel de l'homme, qui est le bons sens. Vous ne songez pas que l'accoutumer à se laisser toujours conduire, c'est vouloir qu'il ne soit jamais qu'une machine entre les mains d'autrui.

Rousseau faisoit observer à Émile la position de la forêt de Montmorenci, quand celui-ci l'interrompt pour lui demander à quoi cela sert de savoir cette position : vous avez raison, répond le Maître, il y faut penser à loisir ; & si nous trouvons que ce travail n'est bon à rien, nous ne le reprendrons plus.

Le lendemain matin Rousseau propose à son Élève un tour de promenade avant le déjeûner. On monte dans la forêt ; on parcourt les champeaux ; on s'égare ; le tems se passe ; la chaleur vient ; on a faim ; on erre vainement de côté & d'autre ; on ne se retrouve plus. Émile pleure ; il se meurt de faim. Rousseau dit : il est midi ; c'est justement l'heure où nous observions hier de Montmorenci la position de la forêt ; si nous pouvions de même observer de la forêt la position de Montmorenci....

Après quelques questions bien simples, Rousseau conduit son Élève à trouver de lui-même par où il faut sortir de la forêt pour gagner Montmorenci ; Émile, l'appercevant pousse un cri de joie, & s'écrie : le voilà tout devant nous, tout à découvert. Allons déjeûner, allons dîner ; courons vîte : l'Astronomie est donc bonne à quelque chose.

Evitez soigneusement de comparer votre Élève à d'autres enfans ; qu'il n'ait de rivaux d'aucune espèce ; ce qu'il n'apprendroit que par jalousie ou par vanité, il vaut cent fois mieux qu'il ne l'apprenne point. Seulement marquez tous les ans les progrès qu'il aura faits ; comparez-les à ceux qu'il fera l'année suivante. Dites-lui : vous êtes grandi de tant de lignes ; voilà le fossé que vous sautiez, le fardeau que vous portiez ; voici la distance où vous lanciez un caillou, la carrière que vous parcouriez d'une haleine, &c. Voyons maintenant ce que vous ferez. On l'excite ainsi sans le rendre jaloux de personne ; il voudra se surpasser, il le doit ; il n'y a nul inconvénient qu'il soit émule de lui-même.

Rousseau conseille que Robinson Crusoé soit le premier Livre qu'on mette entre les mains d'un enfant : un infortuné jeté dans une Isle, seul, dépourvu de l'assistance de ses semblables & des instrumens de tous les Arts, pourvoyant cependant à sa subsistance, à sa conservation, & se procurant même une sorte de bien-être; voilà un objet intéressant pour tout âge, & qu'on a mille moyens de rendre agréable aux enfans.

L'Auteur d'Emile insiste fortement sur la nécessité d'enseigner aux enfans un métier quelconque, quelque riches que soient leurs père & mère. Il observe que tous les hommes, que les Rois eux-mêmes sont sujets aux révolutions qui conduisent à l'indigence; & il veut qu'on enseigne aux enfans, non pas un talent tel que celui de Peintre ou de Musicien, mais un vrai métier, un Art purement méchanique, tel que celui du Menuisier, du Charpentier, &c. (1).

Le premier sentiment dont un jeune-homme élevé soigneusement est susceptible, n'est pas l'a-

---

(1) Ce précepte est le plus sage, le plus utile qui ait jamais été donné dans un Plan d'éducation. Je ne l'apprécierois d'aucun exemple, si je ne le trouvois dans l'histoire des révolutions que j'ai éprouvées. Je n'oublierai jamais que, plongé à Londres dans une profonde indigence, j'avois pour voisins de la chambre où je logeois, deux François, dont l'un étoit Charpentier & l'autre Menuisier. Ce sont des malheurs qui avoient aussi conduit ces deux hommes en Angleterre; mais la ressource de leur métier les y faisoit subsister dans l'aisance; & moi avec mon latin & ma belle littérature, je mangeois du pain sec à la fumée des viandes dont ils se nourrissoient.

mour, c'eſt l'amitié. Le premier acte de ſon imagination naiſſante, eſt de lui apprendre qu'il a des ſemblables, & l'eſpéce l'affecte avant le ſexe. Voilà un avantage précieux de l'innocence prolongée, c'eſt de profiter de la ſenſibilité naiſſante pour jeter dans le cœur du jeune adoleſcent les premières ſemences de l'humanité; c'eſt le ſeul tems de la vie où les mêmes ſoins puiſſent avoir un vrai ſuccès.

Les jeunes-gens corrompus de bonne-heure, & livrés aux femmes, ſont inhumains & cruels; la fougue du tempérament les rend impatiens, vindicatifs, furieux : leur imagination pleine d'un ſeul objet ſe refuſe à tout le reſte; ils ne connoiſſent ni pitié, ni miſéricorde; ils ſacrifieroient au moindre de leurs plaiſirs, père, mère, & l'univers entier.

Pour préſerver votre Élève de ce malheur irréparable, donnez le change à ſon imagination naiſſante, en lui préſentant des objets qui, loin d'enflammer ſes ſens, en répriment l'activité. Éloignez-le des grandes Ville où la parure & l'immodeſtie des femmes hâte & prévient les leçons de la nature, où tout préſente à leurs yeux des plaiſirs qu'ils ne doivent connoître que quand ils ſauront les choiſir.

Loin que le feu de l'adoleſcence ſoit un obſtacle à l'éducation, c'eſt par lui qu'elle ſe conſomme

& s'achève ; c'est lui qui donne une prise sur le cœur d'un jeune-homme, quand il cesse d'être moins fort que vous. Ses premières affections sont les rênes avec lesquelles on dirige tous ses mouvemens : il étoit libre, & il est asservi. Tant qu'il n'aimoit rien, il ne dépendoit que de lui-même & de ses besoins ; sitôt qu'il aime, il dépend de ses attachemens : ainsi se forment les premiers liens qui l'unissent à son espèce.

Rousseau voudroit qu'on choisît tellement les sociétés d'un jeune-homme, qu'il pensât bien de ceux qui vivent avec lui ; & qu'on lui apprît à si bien connoître le monde, qu'il pensât mal de tout ce qui s'y fait. Qu'il sache que l'homme est naturellement bon, qu'il le sente, qu'il juge de son prochain par lui-même ; mais qu'il voie comment la société déprave & pervertit les hommes ; qu'il trouve dans leurs préjugés la source de tous leurs vices ; qu'il soit porté à estimer chaque individu, mais qu'il méprise la multitude ; qu'il voie que tous les hommes portent à-peu-près le même masque ; mais qu'il sache aussi qu'il y a des visages plus beaux que le masque qui les couvre (1).

(1) Pensée superbe & vraie ; s'il y a un très-grand nombre d'hommes à qui on ne doit que du mépris, il en existe, il en existera toujours qui mériteroient des Autels ; mes malheurs m'ont convaincu de cette vérité.

L'Auteur d'Émile convient que cette méthode a ses inconvéniens, & n'est pas facile dans la pratique; car s'il devient observateur de trop bonne-heure, si on l'exerce à épier de trop près les actions d'autrui, on le rendra médisant & satyrique, décisif & prompt à juger ; il se fera un odieux plaisir de c[illegible]r à tout de sinistres interprétations, & à ne voir en bien rien même de ce qui est bien. Cette réflexion conduit Rousseau à remarquer que voilà le moment de faire lire à un jeune-homme l'Histoire.

Dans le monde, les hommes montrent leurs discours & cachent leurs actions; dans l'Histoire, au contraire, elles sont dévoilées, & on juge les hommes sur les faits. Leurs propos même aident à les apprécier : car, comparant ce qu'ils font à ce qu'ils disent, on voit à la fois ce qu'ils sont & ce qu'ils veulent paroître : plus ils se déguisent, mieux on les connoît.

L'Auteur d'Émile conseille qu'on fasse lire d'abord aux jeunes-gens des vies particulières. Dans ces sortes d'Histoires, l'homme a beau se dérober, l'Historien le poursuit par-tout ; il ne lui laisse aucun moment de relâche, aucun recoin pour éviter l'œil du Spectateur; & c'est quand l'un croit mieux se cacher, que l'autre le fait mieux connoître. Rousseau cite pour exemple une très-curieuse anecdote sur le Maréchal de Turenne.

LETTRE XVI.

ÉMILE, TOME TROISIÈME.

Combien il est important de prolonger dans un jeune-homme l'ignorance des desirs & la pureté des sens. Précautions qu'il faut prendre à ce sujet.

MONSIEUR,

POUR rendre cette Brochure de quelque utilité aux pères de famille qui pourront la parcourir, je fixerai leur attention dans le troisième tome d'Emile, uniquement sur l'objet qui intéresse essentiellement le bonheur des jeunes-gens.

La lecture, la solitude, l'oisiveté, la vie molle & sédentaire, le commerce des femmes & des jeunes-gens : voici, à l'âge où Emile est parvenu, les sentiers dangereux à lui frayer, & qui le tiennent sans cesse à côté du péril. Que faut-il faire alors ? C'est par d'autres objets sensibles qu'il faut donner le change à ses sens; c'est en traçant un autre cours aux esprits, qu'on les détourne de celui qu'ils commençoient à prendre; c'est en exerçant son corps à des travaux pénibles, qu'on arrête l'activité de l'imagination qui l'entraîne. Quand les bras travaillent beaucoup, l'imagination se repose; quand le corps est bien las, le cœur ne s'échauffe point.

Il faut donc à Émile une occupation nouvelle qui l'intéresse par sa nouveauté, qui le tienne en haleine, qui lui plaise, qui l'applique, qui l'exerce; une occupation dont il se passionne, & à laquelle il soit tout entier. Or, la seule qui réunisse toutes ces conditions, est la chasse. Si la chasse est jamais un plaisir innocent, si jamais elle est convenable à l'homme, c'est à présent qu'il y faut avoir recours.

On a fait Diane ennemie de l'Amour, & l'allégorie est très-juste. Les langueurs de l'amour ne naissent que dans un doux repos; un violent exercice étouffe les sentimens tendres. Dans les bois, dans les lieux champêtres, l'Amant, le Chasseur sont si diversement affectés, que sur les mêmes objets ils portent des images toutes différentes. Les ombrages frais, les bocages, les doux asyles du premier, ne sont pour l'autre que des viandis, des forts, des remises, où l'un n'entend que rossignols, que ramages, l'autre se figure les cors & les cris des chiens; l'un n'imagine que Dryades & Nymphes, l'autre que Piqueurs, Meutes & Chevaux. Promenez-vous en campagne avec ces deux sortes d'hommes, à la différence de leur langage, vous connoîtrez bientôt que la terre n'a pas pour eux un aspect semblable, & que le tour de leurs idées est aussi divers que le choix de leurs plaisirs.

Avec de la vigilance,& la diversion qui sera produite par les plaisirs champêtres que l'on vient d'indiquer, il n'est pas impossible de conserver dans un jeune-homme l'ignorance des desirs & la pureté des sens jusqu'à vingt ans; cela est si vrai, que chez les Germains un jeune-homme qui perdoit sa virginité avant cet âge, en restoit diffamé. Et les Auteurs attribuent, avec raison, à la continence de ces Peuples durant leur jeunesse, la vigueur de leur constitution, & la multitude de leurs enfans.

On peut même beaucoup prolonger cette époque, & il y a peu de siècles que rien n'étoit plus commun dans la France même. Entre autres exemples connus, le Père de Montaigne, homme non moins scrupuleux & vrai, que fort & bien constitué, juroit s'être marié vierge à trente-trois ans, après avoir servi long-tems dans les guerres d'Italie: & l'on peut voir dans les Écrits du fils quelle vigueur & quelle gaieté conservoit le père à plus de soixante ans. Certainement l'opinion contraire tient plus à nos mœurs & à nos préjugés, qu'à la connoissance de l'espèce en général.

Quand les sens du jeune-homme ne peuvent être réprimés par les précautions du Maître, il ne faut pas, pour le contenir, lui débiter des mensonges.

Pour l'ordinaire, ceux qui veulent garantir la jeunesse de la séduction des sens, lui font horreur de l'amour, & lui feroient volontiers un crime d'y songer à son âge, comme si l'amour étoit fait pour les vieillards. Toutes ces leçons trompeuses que le cœur dément, ne persuadent point. Le jeune-homme, conduit par un instinct plus sûr, rit en secret des tristes maximes auxquelles il feint d'acquiescer, & n'attend que le moment de les rendre vaines. Tout cela est contre la nature. En suivant une route opposée, j'arriverai, dit Rousseau, plus sûrement au même but. Je ne craindrai point de flatter en lui le doux sentiment dont il est avide; je le lui peindrai comme le suprême bonheur de la vie, parce qu'il l'est en effet : en le lui peignant, je veux qu'il s'y livre. En lui faisant sentir quel charme ajoute à l'attrait des sens l'union des cœurs, je le dégoûterai du libertinage, & je le rendrai sage en le rendant amoureux.

En lui peignant la Maîtresse que je lui destine, imaginez si je saurai m'en faire écouter; si je saurai lui rendre agréables & chères les qualités qu'il doit aimer; si je saurai disposer tous ses sentimens à ce qu'il doit rechercher ou fuir? Il faut que je sois le plus mal-adroit des hommes, si je ne le rends d'avance passionné sans savoir de qui. Il n'importe que l'objet que je lui peindrai soit imaginaire, il suffit qu'il le dégoûte de ceux qui pourroient le tenter; il suffit qu'il trouve par-tout des comparaisons qui lui fassent préférer sa chimère aux objets réels qui le frapperont; & qu'est-ce que le véritable amour lui-même, si ce n'est chimère, mensonge, illusion? On aime bien plus l'image qu'on se fait, que l'objet auquel on l'applique. Si l'on voyoit ce qu'on aime exactement tel qu'il est, il n'y auroit plus d'amour sur la terre. Quand on cesse d'aimer, la personne qu'on aimoit reste la même qu'auparavant; mais on ne la voit plus la même. Le voile du prestige tombe, & l'amour s'évanouit. Or, en fournissant l'objet imaginaire, je suis le maître des comparaisons, & j'empêche aisément l'illusion des objets réels.

Je ne veux pas pour cela, continue Rousseau, qu'on trompe un jeune-homme en lui peignant un modèle de perfection qui ne puisse exister; mais je choisirai tellement les défauts de sa Maîtresse, qu'ils lui conviennent, qu'ils lui plaisent, & qu'ils servent à corriger les siens. Je ne veux pas non plus qu'on lui mente, en affirmant faussement que l'objet qu'on lui peint existe ; mais s'il se complaît à l'image, il lui souhaitera bientôt un original. Du souhait à la supposition, le trajet est facile ; c'est l'affaire de quelques descriptions adroites, qui, sous des traits plus sensibles, donneront à cet objet imaginaire un plus grand air de vérité. Je voudrois aller jusqu'à la nommer : je dirois, en riant, appelons *Sophie* votre future Maîtresse. Sophie est un nom de bon augure. Si celle que vous choisirez ne le porte pas, elle sera digne au moins de le porter : nous pouvons lui en faire honneur d'avance. Après tous ces détails, si, sans affirmer, sans nier, on s'échappe par des défaites, ses soupçons se changeront en certitude ; il croira qu'on lui fait mystère de l'épouse qu'on lui destine, & qu'il la verra quand il sera tems. S'il en est une fois-là, & qu'on ait bien choisi les traits qu'il faut lui montrer, tout le reste est facile ; on peut l'exposer dans le monde presque sans risque : en le mettant en garde contre la séduction des sens, vous avez mis son cœur en sûreté.

LETTRE XVII.

ÉMILE, TOME QUATRIÈME.

Le goût de la parure se remarque d'abord dans les petites-filles. L'opinion qu'on pourra prendre d'elles, les inquiète. Il faut leur apprendre à faire elles-mêmes leurs ajustemens. Comment on doit leur enseigner le Dessin. C'est leur épargner bien des peines pour l'avenir, que de contrarier leurs goûts fréquemment. La ruse naturelle à leur sexe n'est point un vice. Il faut les orner de talens agréables. Lecture que j'ai entendu faire, dans un Château, des amours de Sophie & d'Émile.

MONSIEUR,

Les petites-filles presque en naissant aiment la parure : non contentes d'être jolies, elles veulent qu'on les trouve telles ; on voit dans leurs petits airs que ce soin les occupe déjà ; & à peine sont-elles en état d'entendre ce qu'on leur dit, qu'on les gouverne en leur parlant de ce qu'on pensera d'elles. Il s'en faut bien que le même motif, très-indiscrètement proposé aux petits-garçons, n'ait sur eux le même empire. Pourvu qu'ils soient indépendans & qu'ils aient du plaisir, ils se soucient fort peu de ce qu'on pourra penser d'eux. Ce n'est qu'à force de tems & de peine qu'on les assujétit à la même loi.

De quelque part que vienne aux filles cette première leçon, elle est très-bonne. Puisque le corps naît, pour ainsi dire, avant l'âme, la première culture doit être celle du corps : cet ordre est commun aux deux sexes ; mais l'objet de cette culture est différent : dans l'un, cet objet est le développement des forces ; dans l'autre, il est celui des agrémens, non que ces qualités doivent être exclusives dans chaque sexe, l'ordre seulement est renversé : il faut assez de force aux femmes pour faire tout ce qu'elles font avec grâce ; il faut assez d'adresse aux hommes pour faire tout ce qu'ils font avec facilité.

Par l'extrême mollesse des femmes commence celle des hommes. Les femmes ne doivent pas être robustes comme eux, mais pour eux, afin que les hommes qui naîtront d'elles le soient aussi. En ceci, les Couvens où les Pensionnaires ont une nourriture groſſière, mais beaucoup d'ébats, de courſes, de jeux en plein air & dans des jardins, ſont à préférer à la maiſon paternelle, où une fille délicatement nourrie, toujours flattée ou tancée, toujours aſſiſe ſous les yeux de ſa mère dans une chambre bien cloſe, n'oſe ſe lever, ni marcher, ni parler, ni ſouffler, & n'a pas un moment de liberté pour jouer, ſauter, courir, crier, ſe livrer à la pétulance naturelle à ſon âge : toujours, ou relâchement dangereux, ou ſévérité mal entendue; jamais rien ſelon la raiſon. Voilà comment on ruine le corps & le cœur de la jeuneſſe.

Les enfans des deux ſexes ont beaucoup d'amuſemens communs, & cela doit être; n'en ont-ils pas de même étant grands? Ils ont auſſi des goûts propres qui les diſtinguent. Les garçons cherchent le mouvement & le bruit, des tambours, des ſabots, de petits carroſſes : les filles aiment mieux ce qui donne dans la vue & ſert à l'ornement, des miroirs, des bijoux, des chiffons, ſur-tout des poupées; la poupée eſt l'amuſement ſpécial de ce ſexe : voilà très-évidemment ſon goût déterminé ſur ſa deſtination. Le phyſique de l'art de plaire eſt dans la parure; c'eſt tout ce que des enfans peuvent cultiver de cet art.

On combattroit ce goût vainement : il ne s'agit donc que de le ſuivre & de le régler. Il eſt ſûr que la petite voudroit de tout ſon cœur orner ſa poupée, faire ses nœuds de manche, son fichu, son falbala, sa dentelle; en tout cela on la fait dépendre si durement du bon plaisir d'autrui, qu'il lui seroit bien plus commode de tout devoir à son industrie. Ainsi vient la raison des premières leçons qu'on lui donne; ce ne sont pas des tâches qu'on lui prescrit, ce sont des bontés qu'on a pour elle. Et en effet, presque toutes les petites-filles apprennent avec répugnance à lire & à écrire; mais quant à tenir l'aiguille, c'est ce qu'elles apprennent toujours volontiers. Elles s'imaginent d'avance être grandes, & songent avec plaisir que ces talens pourront un jour leur servir à se parer.

Cette première route ouverte est facile à suivre. La couture, la broderie, la dentelle viennent d'elles-mêmes : la tapisserie ne les intéresse pas autant. Les meubles sont trop loin d'elles, ils ne tiennent point à la personne, ils tiennent à d'autres opinions. La tapisserie est l'amusement des femmes; de jeunes filles n'y prendront jamais un fort grand plaisir.

Ces progrès volontaires s'étendront aisément jusqu'au dessin; car cet Art n'est pas indifférent à celui de se mettre avec goût; mais je ne voudrois point, dit Rousseau, qu'on les appliquât au paysage, encore moins à la figure. Des feuillages, des fruits, des fleurs, des draperies, tout ce qui peut servir à donner un contour élégant aux ajustemens,

ajustemens, & à faire soi-même un patron de broderie, quand on n'en trouve pas à son gré, cela leur suffit. En général, s'il importe aux hommes de borner leurs études à des connoissances d'usage, cela importe encore plus aux femmes; la vie de celles-ci, bien que moins laborieuse, étant ou devant être plus assidue à leurs soins, & plus entrecoupée de soins divers, ne leur permet pas de se livrer par choix à aucun talent au préjudice de leurs devoirs.

L'oisiveté & l'indocilité sont les deux défauts les plus dangereux pour de jeunes filles, & dont elles guérissent le moins quand elles les ont contractés. Les filles doivent être vigilantes & laborieuses; ce n'est pas tout, elles doivent être gênées de bonne-heure. Ce malheur, si c'en est un pour elles, est inséparable de leur sexe, & jamais elles ne s'en délivrent que pour en souffrir de bien plus cruels. Elles seront toute leur vie asservies à la gêne la plus continuelle & la plus sévère, qui est celle des bienséances. Il faut les exercer d'abord à la contrainte, afin qu'elle ne leur coûte jamais rien; il faut dompter toutes leurs fantaisies, afin de les préparer à se soumettre aux volontés d'autrui.

Il résulte de cette contrainte habituelle, une docilité dont les femmes ont besoin toute leur vie, puisqu'elles ne cessent jamais d'être assujéties à un homme ou aux jugemens des hommes, & qu'il ne leur est jamais permis de se mettre au-dessus de ces jugemens. La première & la plus importante qualité d'une femme, est la douceur: faite pour obéir à un être aussi imparfait que l'homme, souvent si plein de vices, & toujours si plein de défauts, elle doit apprendre de bonne-heure à souffrir, même l'injustice, & à supporter les torts d'un mari sans se plaindre : ce n'est pas pour lui, c'est pour elle qu'elle doit être douce. L'aigreur & l'opiniâtreté des femmes ne font jamais qu'augmenter leurs maux & les mauvais procédés des maris; ils sentent que ce n'est pas avec ces armes-là qu'elles doivent les vaincre. Le Ciel ne les fit point insinuantes & persuasives pour devenir acariâtres; il ne les fit point foibles pour être impérieuses; il ne leur donna point une voix si douce pour dire des injures; il ne leur fit point des traits si délicats pour être défigurés par la colère. Quand elles se fâchent, elles s'oublient; elles ont souvent raison de se plaindre, mais elles ont toujours tort de gronder. Chacun doit garder le ton de son sexe; un mari trop doux peut rendre une femme impertinente; mais à moins qu'un homme ne soit un monstre, la douceur d'une femme le ramène, & triomphe de lui tôt ou tard.

La ruse est un talent naturel au sexe; & persuadé que tous les penchans naturels sont bons &

droits par eux-mêmes, Rousseau est d'avis qu'on cultive celui-là comme les autres : il ne s'agit que d'en prévenir l'abus.

Cette adresse particulière donnée au sexe, est un dédommagement très-équitable de la force qu'il a de moins, sans quoi la femme ne seroit pas la compagne de l'homme, elle seroit son esclave ; c'est par cette supériorité de talent qu'elle se maintient son égale, & qu'elle le gouverne en lui obéissant. La femme a tout contre elle, nos défauts, sa timidité, sa foiblesse ; elle n'a pour elle que son art & sa beauté. N'est-il pas juste qu'elle cultive l'un & l'autre ? Mais la beauté n'est pas générale ; elle périt par mille accidens ; elle passe avec les années ; l'habitude en détruit l'effet. L'esprit seul est la véritable ressource du sexe, non ce sot esprit auquel on donne tant de prix dans le monde, & qui ne sert à rien pour rendre la vie heureuse ; mais l'esprit de son état, l'art de tirer parti du nôtre, & de se prévaloir de nos propres avantages. On ne sait pas combien cette adresse des femmes nous est utile à nous-mêmes, combien elle ajoute de charmes à la société des deux sexes, combien elle sert à réprimer la pétulance des enfans, combien elle contient de maris brutaux, combien elle maintient de bons ménages que la discorde troubleroit sans cela. Les femmes artificieuses & méchantes en abusent sans doute ; mais de quoi le vice n'abuse-t-il pas ? Ne détruisons pas les instrumens du bonheur, parce que les méchans s'en servent quelquefois à nuire.

La première chose que remarquent en grandissant les jeunes personnes, c'est que tous les agrémens qu'elles se procurent par la toilette, ne leur suffisent pas, si elles n'en ont qui soient à elles. On ne peut jamais se donner la beauté, & l'on n'est pas sitôt en état d'acquérir la coquetterie ; mais on peut déjà chercher à donner un tour agréable à ses gestes, un accent flatteur à sa voix, à composer son maintien, à marcher avec légèreté, à prendre des attitudes gracieuses, & à choisir par-tout ses avantages. La voix s'étend, s'affermit, & prend du timbre ; les bras se développent, la démarche s'assûre, & l'on s'apperçoit que, de quelque manière qu'on soit mise, il y a un art de se faire regarder. Dès-lors il ne s'agit plus seulement d'aiguille & d'industrie ; de nouveaux talens se présentent, & font déjà sentir leur utilité.

En n'asservissant les honnêtes-femmes qu'à de tristes devoirs, on a banni du mariage tout ce qui pouvoit le rendre agréable aux hommes. Faut-il s'étonner si la taciturnité qu'ils voient régner chez eux, les en chasse, ou s'ils sont peu tentés d'embrasser un état si déplaisant ? A force d'outrer tous les devoirs, on les rend impraticables & vains ; à force d'interdire aux femmes le chant, la danse, & tous les amusemens du monde, par un rigorisme peu réfléchi, on les rend maussades, grondeuses, insupportables dans leurs maisons. Rousseau voudroit qu'une jeune fille cultivât avec autant de soin les talens agréables pour plaire au mari qu'elle aura, qu'une jeune Albanoise les cultive pour le Harem d'Ispahan. Les maris, dira-t-on, ne se soucient pas trop de tous ces talens, il n'y a pas de quoi s'en étonner, quand ces talens, loin d'être employés à leur plaire, ne servent que d'amorce pour attirer chez eux de jeunes impudens qui les déshonorent. Mais croit-on qu'une femme aimable & sage, ornée de pareils talens, & qui les consacreroit à l'amusement de son mari, n'ajouteroit pas au bonheur de sa vie, & ne l'empêcheroit pas, sortant de son cabinet la tête épuisée, d'aller chercher des récréations hors de chez lui? Personne n'a-t-il vu d'heureuses familles ainsi réunies, où chacun fait fournir du sien aux amusemens communs? Qu'il dise si la confiance & la familiarité qui s'y joint, si l'innocence & la douceur des plaisirs qu'on y goûte, ne rachètent pas bien ce que les plaisirs publics ont de plus éblouissant.

Tels sont les préceptes principaux que Rousseau propose pour l'éducation des filles; & le volume est terminé par un tableau délicieux des amours de Sophie & d'Émile.

Je n'oublierai jamais que j'ai entendu lire cette charmante description dans un Château ; & jamais Pièce de Théâtre ne m'a plus intéressé. La Demoiselle de la maison, qui étoit de l'âge de Sophie, avoit pour Amant un jeune-homme de l'âge d'Émile ; & elle étoit, ainsi que lui, présente à la lecture. Nous avions donc sous les yeux un Émile & une Sophie. Il falloit voir l'avidité avec laquelle le jeune-homme écoutoit, & le touchant embarras où se trouvoit la Demoiselle. Comme les pères & mères étoient d'accord, on faisoit tout haut la comparaison des amours du Livre avec les amours de nos jeunes-gens, & les ris ou les larmes interrompoient à chaque instant le commentaire. Jamais Pièce de Théâtre ne m'a fait autant de plaisir.

LETTRE XVIII.

LA PERSONNE DE ROUSSEAU.

Réfutation de la Note outrageante insérée contre Rousseau dans l'Essai sur la Vie & les Écrits de Sénèque. Réfutation d'une Anecdote flétrissante à l'occasion d'une femme qu'il aimoit. Le Philosophe Genevois aura un jour une Statue. Tableau varié des différentes personnes qui environneront la Statue pour lui rendre hommage. Ce que Rousseau a dit du Roi de Suède, quand ce Monarque est venu à Paris.

MONSIEUR,

VOUS n'ignorez pas que Rousseau laisse des Mémoires dans lesquels il raconte, avec les détails les plus intéressans, toute l'histoire de sa vie, & que l'Europe en attend la publication avec la plus vive impatience. Mais comme vous habitez la Province, vous pourriez ne pas être informé que, six mois après sa mort, il a paru un Livre qui a pour titre : *Essai sur la Vie & sur les Ecrits de Sénèque, & dans lequel on lit la Note suivante*, pag. 121.

« Si par une bizarrerie qui n'est point sans exem-
» ple, il paroissoit jamais un Ouvrage où d'hon-
» nêtes-gens fussent impitoyablement déchirés par
» un artificieux scélérat, qui, pour donner quel-
» ques vraisemblances à ses injustes & cruelles
» imputations, se peindroit lui-même de couleurs
» odieuses : anticipez sur le moment, & demandez-
» vous à vous-même, si un impudent, si un Cardan
» qui s'avoueroit coupable de mille méchancetés,
» seroit un garant bien digne de foi ? Ce que la
» calomnie auroit dû lui coûter, & ce qu'un for-
» fait de plus ou de moins ajouteroit à la turpitude
» secrette d'une vie cachée plus de cinquante ans
» sous le masque le plus épais de l'hypocrisie ? Jetez
» loin de vous son infâme libelle, & craignez que,
» séduit par une perfide éloquence, & entraîné par
» les exclamations aussi insensées que puériles des
» enthousiastes, vous ne finissiez par devenir ses
» complices. Détestez l'ingrat qui dit du mal de ses
» Bienfaiteurs ; détestez l'homme atroce qui ne ba-
» lance pas à noircir ses anciens amis ; détestez le

» lâche qui laiſſe ſur ſa tombe la révélation des ſe-
» crets qui lui ont été confiés, ou qu'il a ſurpris.
» Pour moi, je jure que mes yeux ne feroient ja-
» mais ſouillés de la lecture de ſon Ouvrage. Je
» proteſte que je préférerois ſes invectives à ſon
» éloge. Quelqu'un lui répondit : & moi auſſi ; mais
» je ne penſe pas qu'il ait exiſté ni qu'il exiſte ja-
» mais un pareil homme. »

Cette Note déteſtable a fait frémir toutes les âmes honnêtes qui l'ont lue. Il eſt évident que les fureurs de cette odieuſe déclamation ont pour objet les Mémoires du Philoſophe Genevois ; il eſt évident que ces cris forcenés ne partent que d'une âme coupable, qui tremble que ſes procédés ténébreux ne ſoient éclairés par la lumière foudroyante de l'éloquence de Rouſſeau. Un homme averti des imputations qui lui ſeront faites par le Citoyen de Genève, & qui n'eût rien eu à ſe reprocher, eût attendu ſans trouble la publication des Mémoires ; mais le glaive de la vérité fait trembler les pervers. Quand elle approche, ils frémiſſent. Semblables à ces Géans qui vouloient eſcalader le Ciel, ils voudroient exterminer la vérité ; mais la vérité eſt immortelle comme Dieu même.

Je prouverai qu'il eſt impoſſible que la grande âme de Rouſſeau ait pu deſcendre à des calomnies. Mais permettez, Monſieur, qu'auparavant je faſſe une réflexion sur l'utilité générale qui résulteroit de Mémoires pareils à ceux de Rousseau, qui seroient publiés tous les siècles, & qui seroient faits par un homme éloquent & vrai, ainsi que l'étoit le Philosophe Genevois.

On ne peut se dissimuler qu'il n'y a plus de mœurs, que les pervers n'ont plus de frein, que le foible est écrasé sans pouvoir même se promettre que les remords le vengeront de ses oppresseurs. Les hommes injustes dont ce globe est couvert, s'abandonnent sans trouble à leurs infamies, dans l'espoir qu'elles seront ensevelies avec eux dans la nuit du tombeau. Que faire pour arrêter ce désordre par qui tant de Mortels inondent la terre de leurs larmes ? .... Ce seroit que, tous les siècles, une voix redoutable se fît entendre, & révélât au grand jour tous les crimes que tenoit cachés le voile de l'intrigue, ou celui de l'autorité.

Cette voix courageuse feroit entendre des vérités consolantes & terribles. Les opprimés ou leurs descendans leveroient vers le Ciel leurs visages si longtems courbés vers la terre, & leurs regards chercheroient enfin, avec confiance, les regards des autres hommes pour obtenir d'eux cette justice, ces égards flatteurs dont on les privoit, & qu'ils ont toujours mérités. Les pervers ou leurs descendans, héritiers du fruit de leurs crimes, ou coupables des mêmes infamies, tomberoient dans les convulsions de la rage, & pour se dérober au mépris de l'Univers, n'auroient d'autre asyle que le tombeau.

Je soutiens que la calomnie ni aucune espèce de crime ne souillent les Mémoires de Rousseau, & ma preuve est fondée sur deux considérations, sur le mérite & l'honnêteté des personnes qui ont entendu la lecture des Mémoires, du commencement à la fin, & sur le caractère de probité & de vertu qui domine dans tous les Ecrits que Rousseau a publiés de son vivant.

Des personnes respectables par le rang, par les lumières, par la vertu, ont écouté la lecture des Mémoires dans toute leur étendue. Rousseau les a lus au Roi de Suède, quand ce Monarque est venu à Paris (1). Si ces Auditeurs éminens, à qui leur rang permet de ne se conformer aux bienséances qu'autant qu'elles leur conviennent, se fussent apperçus que les Mémoires de Rousseau n'étoient qu'un tissu de calomnies, dès les premières pages ils auroient levé le siége, & l'homme au manuscrit seroit resté tout seul dans la chambre. Au contraire, toutes ces personnes dont l'âme

(1) Rousseau a dit du Roi de Suède : « Avec tant d'esprit, » de lumières & de vertus, qu'avoit-il besoin d'une Cou» ronne ? »

pleine de lumières ne pouvoit être abusée, ont tenu constamment, & avec la plus grande satisfaction, la séance des dix heures que demandoit la lecture des Mémoires; &, après l'avoir entendue, elles ont comblé Rousseau de remercîmens & d'éloges.

L'autre considération qui ne permet pas de croire que Rousseau, dans ses Mémoires, soit un calomniateur, c'est qu'il n'y a pas une ligne de ses Ouvrages actuellement imprimés, qui ne dépose en faveur de l'homnêteté de son âme.

Je vous prie seulement, Monsieur, de fixer votre attention sur la nouvelle Héloïse. *Si Rousseau étoit un hypocrite, un scélérat, un Cardan*, comme le dit la Note que j'ai mise sous vos yeux, il est bien étonnant que son âme atroce ne se soit point épanchée librement dans un Ouvrage qui est une pure fiction. Si Rousseau avoit un penchant malheureux pour toutes les actions infâmes, il a été bien mal-adroit de ne mettre dans son Roman ni trahison, ni meurtre, ni empoisonnement: l'intrigue eût été bien plus chaude, bien plus attachante, & bien plus attrayante pour les Lecteurs vulgaires qui forment la multitude. Il eût pu, dans cet Ouvrage, offrir le tableau des procédés les plus odieux, des actions les plus abominables, sans que les qualités de son âme eussent pu être soupçonnées. Mais au contraire, dans toute la nouvelle Héloïse, qui a quatre gros volumes, on ne rencontre pas seulement une mauvaise action. Dans la Préface de ce Roman, Rousseau déclare qu'il n'a pu se résoudre à mettre un pervers au nombre de ses personnages; & il ajoute qu'il ne conçoit pas comment les Poëtes peuvent épuiser quelquefois les ressources de leur génie pour crayonner l'âme d'un scélérat, & comment de pareils rôles trouvent des Comédiens.

Il est donc de la présomption la plus forte & la plus évidente, que les Mémoires de Rousseau ne contiennent que des vérités, mais des vérités courageuses, des vérités nécessaires au bonheur des humains.

Il n'y a point d'exemple, Monsieur, de l'acharnement avec lequel on déchire la réputation du Philosophe Genevois. On fouille toutes les anecdotes de sa vie pour trouver des raisons de décrier l'Auteur de tant d'Ouvrages vertueux.

Entre autres crimes dont on s'efforce de souiller sa mémoire, on cite avec complaisance une faute dont il s'est, dit-on, rendu coupable pour obtenir les faveurs d'une femme dont il étoit éperdu. On convient qu'alors il étoit très-jeune. Sur cette anecdote j'observerai deux choses : 1°. Pour que je la croie, il faut qu'on me démontre qu'elle est certaine. 2°. Quand on m'aura prouvé qu'elle est vraie, je féliciterai cet homme immortel, si le délire de l'amour ne lui a fait commettre qu'une seule faute dans tout le cours de sa vie.

Soyons justes, Monsieur; avec l'âme de feu que le Philosophe Genevois avoit reçue de la nature, quand il étoit jeune, a-t-il pu être insensible aux grâces de la beauté? De combien de charmes au contraire sa brûlante imagination ne devoit-elle pas orner la femme qu'il adoroit? A ses yeux n'étoit-elle qu'une femme? N'étoit-ce point la Divinité elle-même qui se manifestoit à ses regards? O vous qui croyez avoir senti tout l'empire de la beauté, & qui vous vantez de n'avoir aucun égarement à vous reprocher, ne soyez point superbes de votre vertu; elle appartient toute entière aux femmes que vous avez aimées.

Toutes ces clameurs qui s'élèvent autour du tombeau de l'Auteur d'Émile, ne troublent ni son repos ni la gloire de ses Écrits, qui vivront éternellement. À l'aménité de Fénélon, ils réunissent l'élévation de Bossuet, &, ainsi que les Ouvrages de ces grands Hommes, ils allument la fièvre de la vertu.

Si dans ces lignes, qui ont pour objet de célébrer ta mémoire, ô Rousseau! on remarque quelques traits de sentiment ou d'éloquence, c'est à toi seul que j'en ai l'obligation; c'est dans tes Écrits que j'ai appris à sentir & à penser; ils ont fait les délices de ma jeunesse, & m'ont toujours été présens dans tous les momens de ma vie. Dans mes jours heureux, ils augmentoient ma félicité; dans ces jours d'infortune, ils me consolent de mes malheurs; ils feront l'éternelle méditation de mes pensées; & de mes mains mourantes, je veux feuilleter encore tes Ouvrages immortels.

Ivre des perfections de sa Maîtresse, un jeune-homme lui crée un Palais, un Temple, la transporte dans l'Olympe; le délire de son imagination la lui montre dans ce séjour de gloire & de magnificence, & il voit avec orgueil qu'elle y éclipse tout ce qui l'entoure par l'éclat de sa beauté.

De même, ô Rousseau, je te transporte loin de ce siècle indigne de t'avoir possédé; je te vois à plusieurs siècles du moment où j'écris; je te vois dans un tems où tous nos grands Écrivains auront leurs Statues dans les Places publiques. J'apperçois la tienne; je remarque avec ivresse qu'elle est distinguée, & que c'est auprès d'elle qu'on se rassemble plus volontiers.

Vers le soir d'un beau jour de Printems, je vois une bande d'enfans qui approchent de leur douzième année, & qui dansent en rond autour de ta Statue, pour rendre grâces au Bienfaiteur de leur âge, du bonheur qu'ils ont goûté dans l'enfance.

Au retour de la promenade, je vois des femmes charmantes, suivies par leurs Amans, s'approcher de toi avec empressement pour rendre hommage à l'Auteur de la nouvelle Héloïse; je vois les femmes se dépouiller des fleurs qui les couronnent pour en orner ta Statue. L'une d'elles qui aura lu depuis peu ce superbe Poëme, & qui aura la tête remplie des images délicieuses qu'on y rencontre à chaque page, dira : « Jamais on n'a » parlé le langage de l'amour avec autant de feu, » avec autant de magnificence, avec autant de » sublimité. Homme immortel, je suis de bonne- » foi; je ne puis regretter de n'avoir pas vécu dans » ton siècle; comment une jeune femme seroit- » elle mécontente de son existence actuelle? Mais » si le Ciel, voulant illustrer mon siècle, t'eût ré- » servé pour le tems où j'existe moi-même, eusses- » tu été laid comme Thersite, tu aurois été à mes » yeux le plus beau des Mortels; & si j'eusse reçu » tes hommages, j'aurois été la plus superbe de » toutes les femmes. »

Un homme qui sera Orateur, ou Peintre, ou Poëte, s'approchera de la Statue, & dira : « Quand » un excès d'étude, ou pour parler plus vrai à » un homme qui a consacré sa vie toute entière » à dire la vérité, quand l'abus du plaisir a épuisé » mes esprits, que mon âme est sans ressort, & » que ma main sans vigueur laisse échapper la

» plume

» plume ou le pinceau, j'ouvre tes Livres sublimes; dès que j'ai lu quelques pages, mon œil s'anime, mon sang circule, ma tête s'embrâse, & j'éprouve sur le champ le besoin le plus impérieux de reprendre la plume ou le pinceau pour rendre les idées énergiques que mon imagination rallumée a puisées dans ta brûlante imagination. »

Cette tête exaltée en diroit bien davantage, si elle n'étoit interrompue par une légère impatience que lui marque un homme grave, toujours occupé des grands objets de la Religion : cet homme respectable s'avance vers la Statue; son grand chapeau, ses cheveux blancs, ses vêtemens sérieux, l'air de candeur qui est répandu sur son visage, inspirent de la vénération, & toutes les têtes se penchent vers lui pour entendre ce qu'il dira.

« Monsieur, Madame, dit cet homme vertueux, permettez-moi de vous l'observer; vous semblez ne pas connoître ni l'un ni l'autre le véritable point de vue sous lequel ce grand homme doit être considéré; vous n'avez donc point lu toutes ses Œuvres? elles vous auroient appris que le Philosophe Genevois a été sur la terre le défenseur de la vertu. Le plus estimable de ses Ouvrages contient la démonstration la plus solide, la plus éloquente de l'existence

» de Dieu, de la liberté de l'homme, & de » l'immortalité de l'âme. La première fois que » j'ai lu ces admirables preuves, j'ai baisé le » Livre avec respect; je me suis prosterné face » contre terre, & j'ai presque adoré le Philoso- » phe Genevois. »

Un homme enveloppé dans un manteau plein de taches, avec un vieux chapeau & des cheveux plats qui lui battent sur les tempes, allonge le cou pour appercevoir l'année de l'érection de la Statue, & le nom du Statuaire. Cet homme est un Antiquaire : après avoir fixé quelque tems ses yeux rouges sur la Statue, il les tourne vers le cercle dont elle est entourée, aussi gracieusement que peut le faire un Savant, & parle ainsi :

« Messieurs, Mesdames, vous venez de m'ap- » prendre sur cet homme fameux des choses que » je ne savois pas; je vous apprendrai peut-être » sur lui, à mon tour, des choses que vous » ignorez. C'est que, six mois après sa mort, » on a imprimé que Rousseau ne pensoit pas un » mot de tout ce qu'il écrivoit, qu'il étoit un » hypocrite & un scélérat. C'est un fait que j'ai » vu dans les Journaux du tems : c'est une anec- » dote certaine. »

Tout le cercle s'écrie : « Eh! quelle espéce » d'hommes vivoit donc dans le dix-huitième » siècle? Ils étoient donc des monstres? Ce sont

» eux qui étoient des scélérats. . . . . Hélas ! ç'a » donc toujours été le sort des hommes vertueux » & illustres, d'avoir été méconnus dans le tems » où ils ont existé. »

LETTRE A UN AMI.

Pourquoi mes Feuilles joyeuses sont interrompues depuis dix mois. Édit qui devroit être publié en faveur des Beaux-Esprits. Petite Souscription qui pourroit m'être accordée pour mes Feuilles.

MONSIEUR,

UN HOMME passant devant ma Loge, m'a dit : « Vous ne faites plus paroître de Feuilles. Comment, vous n'avez publié que trois Numéros, & vous gardez le silence ! Seriez-vous déjà épuisé ? —— Épuisé, lui ai-je répondu ! Je n'ai encore donné qu'à entrevoir au Public ce que j'ai à lui dire ; ce ne sont certainement pas les idées qui me manquent ; il y a trente ans que ma tête

» fermente. Après une aussi longue méditation, je » ne serois pas embarrassé d'entretenir le Public une » heure tous les mois, durant plusieurs années. » ——— Peut-être manquez vous de Livres. ——— En » effet, je n'en possède pas un; mais je ne m'en » soucie guères : pour répéter ce qui est dans les » Livres, ce n'est pas la peine d'écrire. ——— Qu'est-» ce qui vous arrête donc? ——— Eh! morbleu, » Monsieur, puisqu'il faut vous le dire, c'est le » défaut d'argent. *Point d'argent, point d'esprit.* » Telle est la devise de ma Loge. »

Cet homme, que je ne connois point, m'ayant questionné sur la cause de l'interruption de mes Feuilles, beaucoup plus par curiosité que par un véritable intérêt, s'en est allé sans me donner le têms de lui en dire davantage.

Je vais développer avec vous, Monsieur, toutes les idées que m'ont fait naître les questions de l'inconnu; & si je parviens à publier un nouveau Numéro, j'y insérerai la présente Lettre que j'ai l'honneur de vous écrire. A qui parlera-t-on clairement, si ce n'est pas au Public?

Dans les entreprises Littéraires comme dans celles de Commerce, il faut avancer des fonds au Public; & ces avances pécuniaires, il est impossible que je les fasse; je n'ai aucune espéce de fortune.

Un homme qui commence un Ouvrage périodique, & qui n'est soutenu par aucuns Prôneurs, n'emporte pas d'abord un grand nombre de suffrages; il faut qu'il supporte quelque tems l'indifférence, & même les dédains du Public, jusqu'à ce qu'une circonstance favorable, faisant remarquer ses Feuilles, invite le Public à s'en amuser.

Cependant je n'ai pas à me plaindre de la vente; les deux premiers Numéros sont épuisés, il y a plus d'un an. On vient me demander très-fréquemment quand ils seront réimprimés; & jusqu'ici je n'ai pas eu le pouvoir d'en faire la dépense.

Je n'ai plus que cent Exemplaires environ du N°. III; & même je ne les aurois plus s'il m'étoit resté en pareil nombre des Exemplaires des Numéros précédens. Le Public n'achette point volontiers une Brochure qui annonce des Brochures antérieures qu'on ne peut lui procurer.

Pour imprimer, il faut donc des fonds que je n'ai point; & ce défaut d'argent cause un autre malheur sur lequel je vais m'expliquer. Desirant soutenir une relation intime avec le Public, je dois ne lui rien dissimuler. Je suis certain que les honnêtes-gens m'écouteront avec intérêt, & je suis consolé d'avance des railleries ou de l'indifférence des pervers: ceux-ci sont pour moi comme n'existant point. Allons notre train comme si nous ne devions être lus que par les plus honnêtes-gens du Royaume.

J'ajouterai donc, Monsieur, que pour obtenir une tête digne d'écrire, il faut un concours de circonstances avantageuses, qui, dans ma situation, sont très-difficiles à rassembler. On ne jouit de toutes les facultés de l'âme que quand le physique est amplement satisfait. Pour y pourvoir, il faut de l'argent ; & quand ce physique est étendu, il faut beaucoup d'argent.

Moi, par exemple, je ne ressemble pas aux autres Beaux-Esprits, qui paroissent ne se nourrir que du parfum des fleurs de l'Hélicon. Je suis un des plus prodigieux mangeurs du Royaume ; c'est en dévorant les flancs d'un vaste aloyau que j'obtiens le feu, l'énergie, la délicatesse, la fécondité de l'esprit.

Dans ma petite Loge, où j'ai tout le loisir de rêver, j'ai souvent pensé qu'il devroit y avoir un Édit qui ordonnât que les Beaux-Esprits qui auroient donné quelques marques de talent, fussent logés, alimentés, vêtus & réjouis *gratis* dans toute l'étendue du Royaume. Les Beaux-Esprits étant les Précepteurs du genre-humain, le genre-humain, par reconnoissance, devroit au moins se charger de leur cuisine.

Il est certain, Monsieur, que les Lois devroient veiller à ce qu'un Bel-Esprit fût à tous égards tranquille, & le défendre sur-tout contre la coupable importunité des créanciers. On devroit pendre sans miséricorde ces hommes bassement avides qui le tourmentent pour en arracher quelques misérables pièces de monnoie. Il est évident que quand des créanciers interrompent un Bel-Esprit par leurs vexations, ils volent impunément la postérité. Ils étouffent dans leur naissance des pensées précieuses qui eussent porté ou la lumière ou le plaisir dans les siècles les plus éloignés ; & ces larcins sont bien pires que de voler de l'argent ou des nippes aux hommes actuellement vivans.

En attendant que les Beaux-Esprits jouissent des avantages dont je viens de vous entretenir, Monsieur, le Ministère pourroit peut-être avoir la bonté de m'accorder le Privilège d'une *petite* Souscription pour mes Feuilles. Cette faveur me procureroit sur le champ un argent comptant qui opéreroit mon entière & parfaite résurrection.

Tous les États ont leur Journaliste ? Pourquoi les Écrivains publics n'auroient-ils pas le leur ?

Cette grâce qui me seroit accordée ne causeroit pas le moindre dommage aux Gens-de-Lettres Auteurs d'Ouvrages périodiques. Je ne cours pas la même carrière que ces Messieurs. Quel tort d'ailleurs pourroient faire les barbouillages d'un Écrivain public aux Feuilles lumineuses ou savantes que publient les Gens-de-Lettres ? Ne sont-ils pas bien assurés d'obtenir toujours la préférence.

Mon N°. III, dont j'ai encore quelques Exemplaires, présente le plan que je me suis fait pour mes Feuilles.

Nota. Les Personnes qui, après avoir lu cette Brochure, daigneront souhaiter les premières Feuilles que j'ai publiées, me flatteront & m'obligeront infiniment si elles ont la bonté de me le faire savoir : l'assurance d'un prompt débit accéléreroit la réimpression de mes premières Feuilles. Voici mon adresse : *à M. DE LONGUEVILLE, Écrivain public, au Palais-Royal, à Paris.*

FIN.

www.ingramcontent.com/pod-product-compliance
Lightning Source LLC
Chambersburg PA
CBHW051133260626
47170CB00005B/1790
* 9 7 8 2 0 1 3 6 0 6 5 9 2 *